Kurt Möser

Kurz und schlimm:

Geschichten vom Scheitern zu Wasser und in der Luft

Ich studierte die Geschichte der Revolution. Ich fühlte mich wie zernichtet unter dem gräßlichen Fatalismus der Geschichte. Ich finde in der Menschennatur eine entsetzliche Gleichheit, in den menschlichen Verhältnissen eine unabwendbare Gewalt, Allen und Keinem verliehen. Der Einzelne nur Schaum auf der Welle, die Größe ein bloßer Zufall, die Herrschaft des Genies ein Puppenspiel, ein lächerliches Ringen gegen ein ehernes Gesetz, es zu erkennen das Höchste, es zu beherrschen unmöglich. Es fällt mir nicht mehr ein, vor den Paradegäulen und Eckstehern der Geschichte mich zu bücken. Ich gewöhnte mein Auge ans Blut. Aber ich bin kein Guillotinenmesser.
Georg Büchner, Briefe

Was sich abhebt, ist immer nur das durcheinandergehende Spiel verdeckter Kräfte. Ihnen nachzusinnen, sie zu fassen ...– diese Arbeit an der Ausdruckswelt, ohne Erwarten, aber auch nicht ohne Hoffnung –: etwas anderes hat die Stunde für uns nicht.
Gottfried Benn, Zum Thema Geschichte

Bibliografische Information der Deutschen Nationalbibliothek:
Die Deutsche Nationalbibliothek verzeichnet diese Publikation in der Deutschen
Nationalbibliografie; detaillierte bibliografische Daten sind im Internet über
dnb.dnb.de abrufbar.

Der Kultur- und Technikhistoriker **Prof. Dr. Kurt Möser** war Konservator an einem süddeutschen Technikmuseum, lehrte Kulturgeschichte an der Universität Oxford und der Jawaharlal Nehru University in New Delhi, und lehrte und forschte bis zu seinem Ruhestand am Karlsruher Institut für Technologie. Möser hat viele Textarten ausprobiert, von Katalogtexten über eine populäre *Geschichte des Autos*, eine monumentale Habilitationsschrift über *Fahren und Fliegen in Frieden und Krieg,* kulturhistorische Essays in zwei *Grauzonen der Technikgeschichte*, und zwei literarische Werke. Zu seiner Pensionierung 2022 ist ein Sammelband mit 39 Aufsätzen erschienen, *Über Mobilität.*

© 2025 Dirk Friedrich

Verlag: BoD · Books on Demand GmbH, In de Tarpen 42, 22848 Norderstedt,
bod@bod.de

Druck: Libri Plureos GmbH, Friedensallee 273, 22763 Hamburg

ISBN: 978-3-7693-7762-0

www.minifanal.de

Inhaltsverzeichnis

Die grellsten Erfindungen sind Zitate

Karl Kraus,
Die letzten Tage der Menscheit

AC47 1963

Kriegsschiffe sind pure Funktionalität, oder? Gestaltet und konstruiert um Waffensysteme herum, rücksichtslos, ohne Kostenbewußtsein, bloß auf höchste funktionale Effizienz bedacht? Schiffe sind auf die erwarteten Konfrontationen hin perfektioniert, exemplarisch für das Prinzip des *form follows function*? Panzer sind Ingenieurskonstrukte *pure sang*, jeweils optimierte Kompromisse zwischen Feuer, Schutz und Bewegung? Und Militärflugzeuge ebenso, keinen Raum lassend für Dysfunktionalität, Design oder symbolische Spielereien? Das wollen die militärischen *Hohepriester des Wirkungsgrades* doch eher den Zivilingenieuren überlassen, diesen Opfern von Gestaltungspetitessen und den Irrationalitäten von Markt und Konkurrenz.

Das ist weit hergeholt, ein durchschaubarer Mythos. Waffen und Waffensysteme, von der griechischen Antike bis zu *Desert Storm*, hatten und haben durchwegs auch symbolische, auf Beeindruckung, *shock and awe* oder Machtsymbolik zielende Effekte. Sie sind Designobjekte, wie jedes andere Produkt auch: Man kann nicht nicht gestalten.

Der Waffenkult der *Ilias* scheint gar nicht mehr so fern und versunken, wenn man, durch die Irritation der Schilderungen von Schilden und Rüstungen oder dem Leuchten des Speeres, mit dem Achilles Hektor tötet, geschärft, auf unsere industriell-technische Welt schaut. Rammsporne und schäumende Bugwellen, die schön gewölbte Hecksee schnittiger Torpedoboote bei dreißig Knoten, die schnellfahrenden *Crusader*-Panzer mit Staubwolken, 1941 in der Wüste: gern in Untersicht, dieser Standard-Suggestivperspektive der dynamischen kriegerischen Gewalt.

Symbolik und Gestaltungselemente der Gewaltästhetik sollten wir jedoch historisch fassen. Sie haben sich gewandelt: kein Rammbug in Untersicht mehr und schwarzrümpfige Gewalt. Diese Symbolik hat ihre Schuldigkeit getan und ist ausgereizt – übrigens ebenso die Bühne der Gewaltästhetik, die Militärparade. Was wir stattdessen erleben ist hybrider: eleganteres, geschwindigkeitsfeierndes Design, auch fauchende Starts der Abfangraketen, Drohnenkameraaufnahmen vorm Einschlag, Alarmstarts auf Flugzeugträgern, aber auch: die Irregulären auf Toyota-*Technicals,* Pickups mit schweren Maschinengewehren auf der Ladefläche.

Schauen müssen wir auch auf Waffen, die geliebt werden: Kalashnikows, gehalten wie Säuglinge; Panzer als Wohnräume und Pflegekinder – *Drei Panzersoldaten und ein Hund,* eine Sowjetserie; Schiffe als Objekte von Zuneigung und Hingabe; Flugzeuge als Partner und Liebesobjekte, die Namen bekommen. *Puff, the magic dragon* etwa: Ist dieser wunderbare Kosename für das amerikanische maschinenkanonenarmierte *AC47-Gunship* des Vietnamkrieges so viel anders als der von *Balmung,* Siegfrieds Schwert?

Aeropittura

Als unsere Normalität des Fliegens noch nicht normal war, als man den Fliegerblick und die Körpersensationen in der Luft noch aufgeregt kommentierte, nicht bloß die Warteschlange vor dem Sicherheitscheck, als die Flugzeugperspektive von oben und nach oben provozierend und irritierend war, entstand in Italien die *Aeropittura:* Flugmalerei.

Italien: um den Ersten Weltkrieg war das Verhältnis zur technischen Moderne nicht einfach. Erste Bomben aus der Luft auf nordafrikanische Berber, Geschwindigkeitsrekorde von *Macchi*-Wasserflugzeugen einerseits, tiefe Rückständigkeit und bittere Armut unten im Süden andererseits. Ein Motorenbauer im größten Lastkraftwagenwerk, der *Fabbrica Italiana Automobili Torino,* Fiat; ein Olivenbauer im Mezzogiorno auf einem Eselskarren: Flugzeuge sahen sie beide über sich in ihren Himmeln; die Reaktionen darauf, lustvolles Staunen oder Bekreuzigen, mochten andere sein.

Nun kamen gerade in dieser so widersprüchlichen Technikkultur Künstler zusammen, die mit dem aufregend Neuen in aufregender Weise umgehen wollten: die *Futuristi*. Hatte die erste Generation, um Filippo Tommaso Marinetti, noch Lokomotiven gefeiert, die *schöner als die Nike von Samothrake* waren, und Automobile, die *wie auf Kartätschen laufen*, so nahm sich die zweite Generation die dritte Dimension, das Fliegen, vor.

War das neu? Einerseits ja, denn Aeroplane waren kein bevorzugter Gegenstand der Künstlerzunft, und geflogen ist man kaum jemals vor 1920. Nicht neu war dies: Schon lange arbeiteten Maler – manche der interessanten, scheint es –, am Unmöglichen: nämlich Raum und Bewegung in die schlichte Zweidimensionalwelt des Tafelbildes hinein zu bekommen. Ironisch dichtete Ferdinand Hardekopf 1916: *Ich hasse den Raum, ich vergöttre die Fläche / Die Fläche ist heilig, der Raum ist profan. / Ich werde mich listig der Plastik entwinden / Und laß euch gebläht im gedunsenen Raum.*

Nun stellten sich die luftmalenden *Futuristi* eine zweifache Aufgabe: Wahrnehmung, Körpersensationen und Erlebnis des Fliegers einzufangen, und auch – und zugleich! – das Flugzeug selbst und seine komplexen Bewegungen und Beschleunigungen im Raum zu zeigen. Nicht abstrakt, sondern die neue konkrete, provokante, sensationelle Welt abbildend. Maschinen eingedreht überm Meer in die Hafenbucht, zerlegte Flugzeuge, verkantete Perspektiven, Loopingirritationen, Stadtstraßen durch Tragflächen gesehen, himmelsblau überlagerte Flächenstreben, Propellerkreise. Die Bilder der Flugmaler changierten zwischen Nahezuabstraktion und sehr konkreter Technik. Manche, wie Osvaldo Peruzzis *Battaglia aeronavale* näherten sich der Abstraktion; auf einem von Tato / Guglielmo Sansoni kann das kundige Auge leicht ein *Savoia-Marchetti S55*-Flugboot erkennen, und einen Mussolinikopf in einer verwirbelten Stadtansicht.

Aeropittura war Staatskunst: *modernità fascista; Italianitá*. Ist der Fliegerblick rechts? Nun, die Begeisterung für Italo Balbos Staffelflug um die Erde hat ein Gegenstück in der Verehrung des Atlantikfliegers Lindbergh, in den USA und in Brechts Radiostück *Der Lindberghflug*. Briten feierten ihre majestätischen *HandleyPage*-Doppeldecker, ihre fliegende Kolonialpolizei, und ihre Indienroutenpiloten. Stalins *Rote Falken*, wie Waleri Schkalow, brachten Luftbilder vom Nordpol mit, und in den Niederlanden las man viel über den Jakartapilot van de Hoop und verehrte, selbstverständlich, Antony Fokker, *de vliegende Hollander* par excellence. Ist der Fliegerblick irritierend politisch, oder transkulturell? Aus dem achten Stück des *Lindberghflug*:

Was immer ich bin und welche Dummheiten ich glaube
Wenn ich fliege, bin ich
Ein wirklicher Atheist.

AF447 2009

Der Airbus fliegt sich autopilotisch selbst. Er ist fast nicht steuerbar für Menschenpiloten in der dünnen Luft am Stratosphärenrand. Die Krise kommt, überm Atlantik, mit der Vereisung von Sensoren. Der Autopilot versteht das nicht und schaltet sich ab. Das Flugzeug macht Merkwürdiges und meldet noch Merkwürdigeres. Die drei Piloten sehen unplausible Anzeigen und hören unterschiedliche, unerhörte Warntöne; Pfeifen, das aber plötzlich aufhört, weil die Elektronik den Flugzustand für ganz und gar unplausibel hält – es kann nicht sein: Vollruderausschlag –, dann aber wieder einsetzt, und die Verwirrung der drei im Cockpit vergrößern hilft: *Der Eindruck der Sin-*

ne ist stärker als die Vorstellungen des überlegenden Kalküls. Die Passung zwischen der Besatzung und dem Maschinensystem ist auseinander geflogen, ebenso wie die Kooperation innerhalb der Besatzung. Der Kopilot sieht nicht, was der fliegende Pilot macht; so ist es eben bei Sidesticks, den Steuerelementen, die perfekt sind für Computerspiele, aber nicht für Kopiloten, die sehen wollen, wie groß ein Ruderausschlag tatsächlich ist.

Stellen wir uns die außerordentliche Belastung vor, das Nichtwissen, das Kopfschütteln: *was zur Hölle passiert hier – ich verstehe nicht, was da los ist.* Wir verstehen es jetzt, weil wir die Daten des gesamten unerhörten Vorgangs kennen, aufgezeichnet in einer gepanzerten Box, geborgen aus viertausend Metern Tiefe. Die Drei im Cockpit sind einer Situation ausgesetzt, die sie gemeinsam verwirrt, und die sie nicht unter Kontrolle bringen können: *verdammt, ich kann das Flugzeug nicht kontrollieren, überhaupt nicht.* Sie handeln dann, fast unausweichlich, problemverstärkend.

Das wissen wir. Wir werden aber nicht wissen, was in der Passagierkabine passierte, in den langen zweihundert Sekunden des flachtrudelnden Abstiegs vom Stratosphärenrand hinunter zum Meer.

Airmen 1922

Der Erste Weltkrieg hat einige Bildtypologien hervorgebracht, die ins Kulturgedächtnis, ins *Modern Memory*, eingeprägt sind. Dazu gehört das Bild des Piloten vor oder in seinem Flugzeug. Der Ritter der Lüfte, das *Flying Ace*, der Lufthusar, der höchstdekorierte sportliche Einzelkämpfer und seine Mobilitätsmaschine, Kämpfer und Waffe in Symbiose: So kennen wir die nationenübergreifende Darstellungsweise, fixiert auf Postkarten und in Fliegerbüchern. Das geht natürlich zurück auf Darstellungen von Rittern oder Kavalleristen mit ihren Reittieren: *kentaurische Verhältnisse*.

Aber was macht uns bei diesen Pilot-Aeroplan-Doppelportraits Unbehagen? Welche Leerstelle fällt auf? Was wir selten sehen, ebenso wenig wie die Stallknechte und Pferdetränker der früheren Zeit, sind die Mechaniker, die Motorenwarte, die *riggers and fitters*, die Tarnbemaler, Propellerschreiner und Drahtspleißer. Das Bodenpersonal fehlt, die nichtfliegenden Flieger.

Da sehen und wissen wir wenig. Gut, Paul Klee *schablonierte* Seriennummern auf Rümpfe, in der Flugwerft Schleißheim; aber sonst? Das Klügste stammt von einem Technoromantiker mit tiefer Maschinensensibilität: Thomas E. Lawrence, seinem Ruhm als *Lawrence of Arabia* entkommen, war ab 1922 freiwilliger Flugzeugmechaniker der *Royal Air Force*, und tief fasziniert durch Motoren: *It is part of an airman's profession to be knowing with engines: and a thoroughbred engine is our undying satisfaction.* Er und seine Mechanikerkameraden begehen in den Flugzeughallen sakrale Handlungen: *the roomy, sordid, clanging, momentuous hangar is our cathedral, so our day's work in it is worship.* Das Bodenpersonal eigentlich betreibt den Kult dieser *beloved created things*. Sie vor allem besitzen, lieben und verstehen die Flugzeuge, mehr als die Piloten, die unsensibel am Gashebel reißen und die Maschinen, die die *caring fingers* der Mechaniker gefühlt haben, in die Luft hinauf prügeln.

Lawrences Maschinenpoesie ist ein rares Gegenbild zum Pilotenkult. Er lehrt uns, die *Airmen*, die Mechaniker und Motorenwarte zu bewundern, die selbstlosen Priester, Ministranten und Akolyten der Technik, die in hallenden Hangars Technikgottesdienste abhalten, Tragflächenkommunion betreiben und auf kahlen Flugfeldern Schmieröltankleitungen löten. Auch wenn manche Dome und Statuen der Technik erhalten geblieben und auf uns gekommen sind: Die

Gemeinschaft der Gläubigen in den Kathedralen der Aeronautik ist fast ohne Spuren verschwunden. Sie sind heute alle gleich.

Alabama 1863

Sieben Reisen rund um den Globus, fünfundsechzig Prisen erobert, versenkt, verbrannt: Die *Alabama*, gebaut im britischen Birkenhead, bemannt mit Abenteurern und Glücksrittern, ausgerüstet als Kreuzer der amerikanischen Konföderierten, war das erfolgreichste Kaperschiff überhaupt.

Sie liegt 1863 in Cherbourg zur Reparatur. Unionsspione nützen die Drahttelegraphie, das *viktorianische Internet*, um die Sloop *Kearsarge* heranzurufen. Man fordert sich gegenseitig zum Duell, ganz regelgemäß, draußen, vorm Hafen. Die Konfrontation ist aber, wie im amerikanischen Krieg überhaupt, ungleich: Der *swaggering Southern gentleman* Semmes, der Kaptein mit seiner Schurken- und Abenteurercrew aus den Liverpooler Slums, auf der bohrwurmzernagten *Alabama*, Schießpulver, das verkommen ist in der Tropenfeuchte; auf der anderen Seite ein nüchterner Berufsmariner, der seine kettengepanzerte *Kearsarge* besonnen führt und seine schweren *Dahlgren*kanonen effizient einsetzt. Auf den Klippen lagern Menschen, herangeschafft aus Paris durch Sonderzüge, wie in einem Amphitheater, das enge Umkreisen und Beschießen, die Treffer, den Qualm und die Pulverdampfschwaden betrachtend.

Es geht aus wie die Schlachten des späten Krieges an Land, nämlich ungut für die Konföderation. Auf der zerschossenen Alabama gibt es ein paar Tote: unbedeutend. Die Überlebenden, auch der Kaptein, werden herausgefischt und abgeborgen durch die britische Yacht *Deerhound*. Die war kein Schlachtenbummler, sondern wohl eher Partei, betrieben vielleicht vom Finanzier der *Alabama*, vielleicht von einem Freund, vielleicht im Auftrag von irgendwem – undurchsichtig, wir kennen das ja, ungefähr so wie heute. Kaptein Semmes, frisch eingekleidet, diniert danach in einem fashionablen Club in Southampton. Bewundernde Dandys, Frauen erbitten Locken, Zeitungsartikel, Memoiren. Großer Erfolg von Édouard Manets Gemälde des Schiffsduells, ein Augenzeugenbild. Auch so etwas kennen wir.

Daß Meister Jules Verne sein Unterwasserschiff *Nautilus* in *Zwanzigtausend Meilen unterm Meer* wohl an die Alabama und ihre Kaperreisen anlehnte, könnte eine weitere Wendung dieser Geschichte sein. Und eine weitere Schleife wäre das schöne *Cape Jazz*-Stück *Daar kom die Alimbama*, entstanden, als 1863 der Kaper zum Kohlennehmen in Capetown einlief und von der schwarzen Community begeistert empfangen wurde. Tatsächlich? Als Schiff der Sklavenhaltungs-Konföderierten? Ja.

Übrig blieb auch Manets Gemälde, das, keine moralischen Fragen stellend oder beantwortend, heute zu beschauen ist im Kunstmuseum von Philadelphia, einem Ort, der auf der Siegerseite stand im Krieg zwischen den Staaten.

Antoinette 1902

Da schaut ein kompakter, schwarzbärtiger Herr, gekleidet in eine Art bürgerlichen Mechanikeranzug, Zeichnungspaket in der Hand, grimmig in die Kameralinse, offenbar gestört durch den Photographen. Bekannt wollte er nicht sein, vor allem nicht in dieser überhitzten Luftfahrtbegeisterung, und dann noch in diesem Frankreich der erregten Mengen, der aufgeregten Presse, des Kults um die Technikhelden und Technikdandies. Léon Levavasseur arbeitete lieber hinter der Front des Fortschritts, hinter den Fliegerhelden, lieber in den düsteren Hangars außerhalb des Magnesiumblitzlichts, an seinem Motor, der Boote zum Gleiten und Flugmaschinen zum Abheben brachte.

Aus der Distanz von mehr als einem Jahrhundert nicken wir bewundernd: Acht Zylinder in V-Form, Einspritzung, Leichtbau, Verdampferkühlung – eine Schönheit neuer Art. Es ist ab 1902 die Kraftmaschine der Siegerboote in Nizza, später der Siegeraeroplane in Biarriz und Reims. Er nennt ihn *Antoinette* nach der Tochter seines Geschäftspartners Gastambide. Levavasseur ist Ingenieur, war vorher aber Kunsthistoriker: ein Abtrünniger, hineingegangen in die andere, aufregendere Welt der Technik.

Er ist nicht allein. Der Dichter Octave Mirbeau will seine Bücher hergeben für die Technik, für sein Automobil. Es ist ihm *lieber, aufschlußreicher, nützlicher als meine Bibliothek, auf deren Regalen die geschlossnen Bücher schlummern ... In meinem Auto habe ich all das und besser, weil beweglich, quirlig, vergänglich, veränderlich, schwindelerregend, unbegrenzt, unendlich.* Der Motorkonstrukteur macht nicht mit bei dieser aufgeregten Feier der neuen Mobilität, arbeitet stattdessen eher nüchtern an seinen Höchstleistungsmotoren, dabei einen neuen, eleganten, leichten französischen Technikstil mitprägend, der so anders ist als die Schwermaschinen-Sechszylinder der *Benz*werke und der *Daimler Motoren Gesellschaft.*

The Apse Family 1906

Lange vor unserem Leben mit der Künstlichen Intelligenz, vor dem Weltnetz der universalen Verfügbarkeit und Kommunikation, vor diesen Erfahrungen der ersten Dekade unseres neuen Jahrtausends, deren Wunderbares längst in Normalität abgerutscht ist, lange vor dieser vernetzt-autonom-universalsystemischen Welt draußen und auch in unserem eigenen Leben – wir können gern weiter machen mit dieser Litanei – geisterte schon die Idee autonomer Technik mit einem eigenen, meistens gutwilligen Willen herum, den Menschen zu Diensten, trotz Autonomie werkzeugähnlich und verträglich.

Dagegen: Unwillige, böse, dem Menschen nicht wohlgesonnene selbständige Objekte: das ist schon fast eine eigene Literaturgattung. Heimito von Doderers Teekanne, die ihren Besitzer durchs Fallenlassen heißer Tropfen beißt; Theodor Vischers Brille, die sich tückisch versteckt und deshalb exekutiert werden muß; Kurt Schwitters' selbstfahrendes unbremsbares Motorrad: Das sind relativ simple widerständige Dinge, die sich im kleinen Alltagskrieg mit Menschen befinden und oft siegen. Komplexere technische Gegenstände können aber viel gefährlicher werden. An der Spitze dieser Pyramide fiktiver böswilliger Autonomie stehen wohl Schiffe, denen oft ein künstliches Bewußtsein, oder Intelligenz einer speziellen Art, zugeschrieben wird. Man hat sie von Alters her als Persönlichkeiten wahrgenommen, ihnen Namen gegeben, sie beschworen und günstig zu stimmen versucht. Manchmal hilft das alles nicht. Sie sind böse.

Die *Apse Family*, das Schiff in Joseph Conrads Geschichte *The Brute*, ist tatsächlich ein Biest mit dem Namen der Reederfamiliendynastie, ein unbeherrschbares Wesen, riesig und mörderisch, auf jeder Reise ein Opfer fordernd. Als das Schiff die Verlobte des Kapitäns umbringt, beim Ankern, ganz am Ende der Reise, kurz vor der Hochzeit, bleibt nichts anderes übrig, als es auf eine Felsküste zu jagen, um seinen bösen Willen buchstäblich zu brechen. Die üble Schiffsbestie muß rituell vernichtet werden, so wie der Wiedergänger, der Vampir, durch den Pfahl im Herz.

Menschenähnlich handelnde, autonome, gefährliche, böse Technik kann also besiegt werden; das ist die Moral. Es ist eine alte, grundoptimistische Geschichte, die überhaupt nicht zur Lehre dienen kann für unseren Umgang mit Künstlicher Intelligenz – oder für den künftigen Umgang dieser mit uns.

Avenger 1945

Soweit der Pilot eines komplexen kolbenmotorgetriebenen Flugzeugträgerflugzeugs entspannt fliegen kann, tat er es. Auf vierter Position von fünf, eine *Avenger* auf 2 Uhr hoch, eine unter ihm, schlechter Position haltend, auf 9 Uhr, in Formation dem Staffelführer mühelos folgend, der für sie alle navigierte. Bermuda im Norden, die Oberfläche der See unter ihm so glatt, daß die Höhe schwer abschätzbar war. Schatten der Kabinenhaubenstreben auf den Instrumenten. Das Intercom war still: Funkdisziplin. Warum auch reden, man war vorher gebrieft, man flog, Routinen abrufend: *follow your leader*. Eine erste Irritation über die Kopfhörer: Kompaßprobleme. Richtungsschwenks aus der Sonne heraus. Viel später die Funkanweisung des Führers, zum gemeinsamen Notwassern bei nur noch dreißig Gallonen Avgas, mit eingezogenem Fahrwerk, um das Überschlagen zu verhindern.
Der Mythos des Verschwindens, nahe Bermuda, kam später.

Berwick 1942

Sicher, es war eine kräftige Zeitersparnis. Statt mit dem neuen Schlachtschiff *Duke of York* von Bermuda zurück nach England zu reisen: warum nicht zurück fliegen? Boeings Flugboot *Berwick* schafft die dreieinhalbtausend Meilen zweifelsfrei. Und der Fluggast war *air minded*, luftfahrtbegeistert, kühn, scheute selten ein Abenteuer. Er hatte sogar einen Flugkurs gemacht, fast dreißig Jahre zuvor. Unbehagen und Zweifel vor dem Wasserstart störten Churchills Schlaf nicht. Zwar war der Flugkapitän vage geblieben bei der Frage, was wohl passieren würde, begegne man einem deutschen Jagdflugzeug, die Würfel waren aber gefallen. Außerdem wurde der Flug geheim gehalten. Niemand sollte von der Rückreise im Flugboot statt im Schlachtschiff wissen.

Der Flug – der Passagier, sein Privileg ausnutzend und Zigarre rauchend, hatte kurz das Steuer übernommen – war ereignislos. Nicht aber der Landfall: Im Dunst, nach Süden abgedriftet, lag nun der Seehafen Brest vor dem Bug der *Berwick*, der größte deutsche U-Boot-Stützpunkt. Zwei Messerschmitt *Bf109* machten kurzen Prozeß mit dem schwerfälligen, unbewaffneten Flugboot.

Oder:

Der Flug also war ereignislos. Die Abdrift nach Süden konnte korrigiert werden. Hundert Meilen vor Plymouth entdeckte das britische *Home Chain*-Radar die unangekündigte *Berwick*. Ein paar Feuerstöße aus zweimal acht Maschinengewehren einer Rotte *Hurricane*-Abfangjäger reichten aus.

Nun, der Kurs nach Plymouth wurde rechtzeitig geändert; und die aufgestiegenen *Hurricanes* fanden die *Berwick* nicht. Aber was hätte Churchills Abgang, am Ende der ersten Atlantiküberquerung eines Staatsoberhauptes im Flugzeug, wohl geändert? Er hatte für das Überleben des Vereinigten Königreichs gesorgt, als es allein stand, nach dem Fall Frankreichs und gegen einen von der Wehrmacht beherrschten Kontinent. Nun, im Januar 1942, nach dem Beginn einer Wende im Rußlandkrieg und, endlich!, dem Kriegseintritt der Vereinigten Staaten, hatte der Krieg eine andere Richtung bekommen. Wurde Churchill noch gebraucht? Verlieren konnte Großbritannien kaum mehr, nur den Sieg verspielen.

Bodrog 1914

Wir machen ein kleines Kreuz auf dem Zeitstrahl, am 29. Juli 1914.
Wie nahe ran wollen wir gehen? Wollen wir Politikgeschichte schrei-
ben, schön, sauber, abstrakt und übersichtlich, oder Strukturge-
schichte aus analytischer Distanz, oder wollen wir, noch ein wenig
ungefährlicher, über die vielen Interpretationen reden, die sich mit
dem Beginn des Großen Krieges befassen, um die unterschiedlichen
Einschätzungen zu verwerfen oder zu teilen? Oder besorgen wir uns
Zeitzeugenberichte, notorisch unzuverlässig und oft schlicht falsch
erinnernd? Nun, die Struktur geht nicht auf die Straße, sie ölt auch
keine vertikale Verbunddampfmaschine, sie schaut in keinen Pan-
zerturm und schiebt keine Kartusche in den Verschluß einer Zwölf-
zentimeter-Skodakanone. *Die ersten Schüsse des Krieges*: eine
Schulbuchphrase. Zweimal drei Mann in den Geschütztürmen des
Donaumonitorschiffs *Bodrog*, hinter vier Zentimetern Panzerstahl,
Kroaten wohl. Kommandosprache ist natürlich deutsch, nicht, daß es
vieler Kommandos bedürfte. Mitternacht, schwaches Mondlicht,
Mündungsblitze; das Ziel aufgefaßt: die Telegraphenstation der Serben, anvisiert über den Richtaufsatz durch die horizontalen Seh-
schlitze: zwei serbische Maschinengewehre in hastig aufgeworfenen
Gräben in den Donauwiesen. Im Turm rollen inzwischen die leeren
Messingkartuschen umher.
Viel zu konkret, nicht? So genau wollen wir es nun aber wirklich
nicht wissen. Lesen wir besser eine Wiener Zeitung, tagsdrauf: *Wenige Minuten vor ein Uhr morgens vernahm man in Semlin den ersten Kanonenschlag.*

Brescia 1909

Für die Kleider und Tornüren der Frauen hat er sich ebenso interessiert wie für die Fahrpreise der Fiaker, die ihn und einen Freund hinaus brachten aufs staubige heiße Flugfeld. Er sah, zusammen mit Zehntausenden, die ersten Menschenflüge; er beobachtete, wie ein Motor nicht anspringen wollte; er sah Gabriele d'Annunzio, den Dichterfürst, herumschwänzeln um den Flieger Curtiss, der ihn doch unbedingt bitte mit hinaufnehmen sollte; er sah Rougier, der in seinem Apparat *an Hebeln sitzt wie ein Herr an einem Schreibtisch, zu dem man hinter seinem Rücken auf einer kleinen Leiter kommen kann*; und er sah Blériot, den methodisch arbeitenden, schlecht gelaunten Kanalflieger. Die Freunde denken an etwas Ähnliches in Böhmen, einfach ein paar Aviatiker einladen, zu einem kleinen Umweg von Paris nach Berlin, vielleicht auf einem Feld draußen in Prag-Kbely. Man ist müde, nichts wird disputiert, es bleibt beim Artikel in der Zeitung *Bohemia*.

Das nächste Flugmeeting gibt es dann tatsächlich in der Doppelmonarchie, in Budapest. Es wird eine unsolide Angelegenheit, Finanzhasardeure haben übernommen, ständiger Streit mit den Fliegern, Gerichtstermine, Beschlagnahmungen. Hätte sich der Prager Versicherungsbeamte tatsächlich *luftschaukeln* lassen, etwa im *Autoplan* des Ritter von Pischof? Auf uns wäre vielleicht eine Geschichte gekommen, die der *Strafkolonie* ähneln könnte, möglicherweise.

CargoLifter 1981

Was sehen wir, wenn wir die Augen schließen und ein historisches Stichwort hören? Erster Weltkrieg: Schlammgräben, Stacheldraht im Niemandsland, Artillerieeinschläge, vielleicht auch einen Jagdflieger

– Richthofen? – und seine Maschine. Es sind Clichés, ikonische Elemente, die nicht historisch genau sein müssen, Stereotype, die eine gewisse Spannweite haben, aber eben keine extreme, je nach Bildung, Interesse oder Vorwissen. Diese wie von selbst auftauchenden Bilder sind *semiotische Gespenster – semiotic ghosts*.

Für diesen evokativen Begriff müssen wir William Gibson danken. Seine Geschichte *The Gernsback Continuum* von 1981, ein Basistext der Retromoderne, beschreibt einen Photographen, der sich so intensiv mit Architektur und Design der 1930er Jahre befaßt, mit futuristischen Tankstellen, stomlinienförmigen Bleistiftspitzern und Chromautomobilen, daß er halluziniert. Er sieht ein riesiges zwölfmotoriges Flugzeug, langsam, am Abendhimmel, erleuchtete Fenster, irreal – ein semiotisches Gespenst aus einer vergangenen Zukunft, die es nie gab.

Retrozukunft-Welten ragen tief hinein in unsere eigene Werktagswelten – seien es erzählte, wie Gernsbachs seltsame Science Fiction; gebaute, wie amerikanische Diner im Ozeanliner-Design; gezeichnete, wie Marvel-Retrocomics; nachgespielte, wie in Steam-, Frost- oder Dieselpunk-Szenen. Diese geschilderten, gebauten, künstlerischen, nachgespielten vergangenen Zukunftswelten dürfen nicht zu leicht abgetan werden. Technikhistorische Gespensterbilder wirken nach. Als die Gesellschaft zum Bau des riesigen Frachtluftschiffs *CargoLifter* Aktionärsgelder und Staatssubventionen einsammelte, wäre dies ohne begeisterte Kollektivvorstellungen von den majestätischen Luftschiffen der Zwischenkriegszeit kaum so leicht möglich gewesen. Diese ausgestorbene Großtechnik war und ist offenbar eines dieser Gespenster, die in unseren Köpfen spuken, unsere Technikvorstellungen grundieren, und unsere Urteile mit.

Der *CargoLifter* ist nichtgeschehene Zukunfts-Geschichte, ausgebremst von Technik, Ökonomie und Politik, zerdrückt von der *Unsichtbaren Hand* des Marktes, seine Riesenhalle ein Spaßbad. Er ist, wie Luftkissenfahrzeuge, Raumgleiter, *Alweg*bahnen oder Helikopterautomobile der 1950er, eine leer gelaufene, wieder abgeschaffte Utopie, bewundert, kurz ikonisch geworden, dann unspektakulär hinunter gesunken ins Eben-nicht-vergessen-können, in die tektonischen Schichten der Vergangenheitszukünfte – aber möglicherweise auch wiederauferstehungsfähig. Ist unsere Gegenwart imaginativ noch in der Lage, semiotische Gespenster auszubrüten? Was wohl unsere Zukunftsvorstellungen bereitstellen mögen für künftige Flashbacks?

Churchill 1878

Wie alle seiner Generation lebte der Vierjährige in Geschichten und Phantasien vom Krieg: Überfälle in dunklen pashtunischen Schluchten, *Assegai*-Lanzen schwingende Zulukrieger in der Savanne, Sterben im Sand, *red with the wreck of a square that broke*, noble Feldzüge der königlichen Rotröcke, die aber tatsächlich schon Khaki trugen. Kein Wunder, daß er die *Eurydice*, als sie vor der Isle of Wight im Schneesturm unterging, für einen Transporter der Heldenkrieger aus Afrika hielt. Man zeigte ihm die drei schwarzen Masten des Wracks, das in Wahrheit ein Kadettenschulschiff gewesen war; man erzählte ihm von Tauchern, die ohnmächtig wurden, als sie von Meerestieren angefressene Leichen bergen mußten; und man deutete auf kleine Barkassen, die Tote langsam in den kleinen Hafen von Ventnor einschleppten. Das blieb haften, vernarbte: *it made a scar on my mind*. Vielleicht wirkten diese Erfahrungen auch auf andere Kinder unter den Massen der Beobachter auf den Klippen. Churchill jedenfalls lernte früh, daß es *in den menschlichen Verhältnissen eine unabwendbare Gewalt* gibt, und er lebte nach dieser Erfahrung.

Corsair 1938

Ein Navigationsirrtum: Das große *Shorts*-Passagierflugschiff, auf der Reise von Southampton nach Indien, muß den Nil finden, irrt aber im Flussdelta des belgischen Kongo umher, die Passagiere in glücklicher Ahnungslosigkeit. Bei der Reparatur des Funkpeilers waren die elektrischen Pole vertauscht worden, kam später heraus. Es entschuldigt viel, aber nicht alles. Der Flugschiffskapitän hatte ein Nickerchen gemacht in der Koje hinter der Führerkanzel, der Copilot im Gespräch mit dem Funker den Überblick verloren im immergleichen grünen Sumpflabyrinth unten. Immerhin gelingt die Landung, auf einem Fluß, der auch zur Regenzeit nur um Weniges breiter ist als die Tragflächenspannweite. Kurz vorm sanften Berühren des Ufers reißt ein Stein den Rumpfbauch der *Corsair* auf.

Der Flugschiffskapitän ist der jüngere Bruder des Atlantikflugpioniers Alcock. Auch er gefeiert, Artikel in Gesellschaftsblättern, Photographien in Untersicht, in seiner splendiden blaugoldenen Uniform. Alcock jr. hat als Chefpilot bei *Imperial Airways* einige Wracks erzeugt, wie durchaus üblich. Nicht weiter schlimm; manch herrschaftlicher Chauffeur fährt im Berufsleben ein paar Fußgänger tot. Alcock überlebt alle seine mißlungenen Landungen und Startabbrüche, macht daraus gute Geschichten, in der Bar des Bombayer *Gateway of India*-Hotels, bei Pink Gins, *chota peg*, bitte.

Imperial Airways braucht die *Corsair* dringend, nach ein paar Verlusten. Holt die Passagiere ab, setzt ein paar Motorenwarte und Blechmonteure in Bewegung, toughe Jungs aus dem Belfaster *Shorts*-Werk. Ein großes Abenteuer, trotz Dreckwasser, Blutegeln, Schlangen, Malaria und Büchsenfraß. Ersatzteile werden herbeitelegraphiert von der nächsten Missionsstation, über Land gekarrt. Die Reparatur ist erfolgreich. Der Chefpilot – *he got her in, he will get her out* – startet, schafft es nicht um eine Flussbiegung, reißt der Corsair wieder den Rumpfbauch auf. Es ist schlimmer als zuvor. Alcock jr.

verläßt, ohne Schuldempfinden, müssen wir annehmen, den Kontinent und diese Geschichte.

Inzwischen ist Krieg. Shorts baut Flugboote für die Royal Air Force in drei Schichten. Das Wrack unten im Kongo ist nicht mehr sonderlich wichtig. Abwracken, Teile retten? Ein Ingenieur und seine Reparaturcrew denken anders. Kofferdamm um den Rumpf, Motoren werden ausgebaut, auf Ölfaßflößen an Land gebracht und repariert, Nieten, Leerpumpen, Staudammbau, um den verdammten Stein unter die Wasseroberfläche zu bekommen, zweihundert Tonnen Holz und Steinbrocken, dreihundert Arbeiter, Strafgefangene, ein eigenes Dorf entsteht: *Corsairville*. Inzwischen ist es Januar 1940. Diesmal gelingt das Abheben, der neue Kapitän hat Fortüne.

Die *Corsair* liegt in Bombay. Die Luftroute übers Mittelmeer nach Indien ist eingestellt. Ein paar Flüge für Verwaltungsbeamte, Nachschub, Soldaten nach Hause. An einem kalten Januartag 1947 wird das große Flugschiff im strom- und kohlerationierten England an Land gezogen und verschrottet.

Deruluft Дерулюфт

Alle wußten es: Ein geschlossener Flugzeugführerplatz ist nicht möglich. Man muß doch spüren, wann der Vogel seitlich wegrutscht, die Abdrift wahrnehmen, einen besseren Blick auf Notlandeplätze haben. Warum wohl steuert man Segelboote im Freien? In der Eisenbahncoupé-ähnlichen Kabine immerhin hatten die Fluggäste Heizung und Polster auf den Rattansesseln.

So flogen die unempfindlichen Blech-Junkersmaschinen und die eckigen Rohrbach-Eindecker der *Deutsch-Russischen Luftfahrtgesellschaft* in bloß 22 Stunden, mit nur fünf Zwischenlandungen, von Berlin nach Moskau, an Bord Delegationen deutscher Industrieller, um Maschinen für den ersten Fünfjahresplan zu verhandeln, zusammen mit verkleideten Agitatoren der Kommunistischen Internationale, der *Komintern*, mit roten Piloten zur Ausbildung im Westen, mit früheren deutschen Kriegsfliegern zum Ausbilden unten in Lipezk, wo neue Bomber und Giftgassprühflugzeuge in Erprobung standen. Es war die Fluglinie des Bolschewistenmillionärs Willi Münzenberg, Medienzar, Reichstagsabgeordneter, Chef der *Jugendinternationale* und der *Liga zur Verteidigung der Negerrasse*. In schwerer *Lincoln*-Limousine direkt zum Flugfeld gefahren, die eigenen Zeitungen unterm Arm, sich auf den stets reservierten Sitz werfend, keine Spur von Flugbedenken, den Satz seines Kollegen Brecht unterschreibend, daß *diese großen stählernen Burschen sich mindestens so sicher durch die Luft bewegen, wie eine Lokomotive auf dem Boden*. Die *Deruluft* überlebte 1933 und beflog über Stalins Säuberungen hinaus ihre beiden Strecken nach Leningrad und Moskau. Die Pilotenkameraden aus Lipetzk und Dessau schossen dann erst später einander ab, nach dem Juni 1941.

DFW VIII 1919

Als das Schlachten vorbei war, als die Überlebenden um sich blickten, die so viel Tod gesehen hatten, als Stoßtruppführer im Lazarett lagen und vierzehnjährige Jungs ihr Zuspätkommen bei den Stahlgewittern betrauerten, als Flieger mit zweistelligen Abschußzahlen sich weigerten, altersgerecht Lehnstühle zu besetzen, weil sie das *Cocain der Front* vermißten, das so viel sinnesreizender war als das wilde Bordellberlin nach dem Waffenstillstand, als die Räte die Volksmarinedivision mobilisierten – in dieser Zeit, als dies alles so war, gab es durchaus auch wieder Arbeiter am technischen Fortschritt. Der Krieg hatte eine unerhörte Transformation der Flugzeuge und ihrer Motoren hervor gebracht, und auch einen neuen Fliegertypus. Dies trug nun zivile Früchte.

Im Sommer des Nachkriegsjahres 1919 griff der *Einflieger* – heute nennen wir das: Testpilot – Franz Zeno Diemer nach dem Höhenweltrekord. Aus der Sommerwärme hinauf in die Eiswinde in neun Kilometern Höhe, ducken in den Rumpf und hinter die kleine Celluloidscheibe half wenig, lutschte er an Sauerstoffbomben, wie sie Lungenschwindsüchtigen verabreicht wurden, regelte seinen BMW-Höhenmotor mit den beiden Gashebeln ein, beobachtete tatsächlich Vortex-Kondensstreifen an den Tragflächenenden seiner *DFW VIII*-Maschine beim Spiralen zurück zur Erde, und landete sicher in zwei Meter Bodennebel. Der Weltrekord, neuntausendsiebenhundertsechzig Meter, nachgewiesen durch ein Barographenschreiberblatt, wurde natürlich nicht international anerkannt. *Vae victis*.

Diesel 1913

Als die Leiche, bereits stark verwest, von holländischen Fischern aus der See gezogen wurde, hätte eigentlich eine Klärung erfolgen müssen. Waren verantwortlich die deutsche *Abt.IIIb*, der britische Geheimdienst vom *Room40*, die Männer eines Konkurrenten? Vage, halbvage, sogar durchaus handfeste Vermutungen für sein Überbordgehen gab es wohl, wodurch die Maschinerie von Gerüchten und Verdächtigungen in Gang kam, die damals, kurz vor dem Großen Krieg, bereits Betriebstemperatur hatte.

Nein, wenden wir lieber *Ockhams Razor* an, denken wir sparsam und bleiben wir plausibel. Der Ingenieur hatte die Möglichkeit und gute Gründe, sich über die Reling des britischen Kanalpaketboots *Dresden* gleiten zu lassen. Die Geschäfte seiner deutschen und britischen Firmen gingen schlecht; Aktionäre muckten auf; seine

Börsenabenteuer: nun ja. Und die Motoren waren nicht ausgereift. Käufer gaben sie zurück oder forderten teure Nachbesserungen; sein Motorschiff lag lange am Reparaturkai. Erfinderrhetorik half nichts: *Ringen gegen ein ehernes Gesetz*. Eine verfahrene Situation.

Schlimmer noch für einen stolzen Ingenieurintellektuellen, eine narzisstische Beleidigung sogar, war dies: Sein Patent ergab keinen funktionsfähigen Motor. Dafür hatte der einigermaßen arbeitende Typ dann nur noch wenig mit seiner *Großen Idee* zu tun. Mit 55 Jahren, als seine Generationsgenossen, die Permaneder-Typen, als Rentiers quer durchs Reich, in Eisenach oder Heidelberg, Coupons ihrer Anleihen einkassierten, zog er vor Harwich seine Lebensbilanz.

Dixmude 1923

Es macht wohl einen Unterschied, ob wir eine historische Begebenheit vom Anfang an erzählen, oder vom Ende her. *Respice finem* koloriert, wenn man das Ende kennt, die erzählte Geschichte, und bremst Aufweitungen, Alternativen oder mögliche Seitenpfade aus.

Über das tatsächliche Ende des Luftschiffs *Dixmude* gibt es nur Vages, Unklares: Sizilianische Eisenbahnarbeiter sahen am Tag vor Weihnachten 1923 einen Feuerschein überm Meer, in einer Sturmwolke. Am Zweiten Weihnachtsfeiertag trieb, neben ein paar unidentifizierbaren Körperteilen, eine einzige vollständige Leiche an: Der Kommandant, Jean du Plessis de Grenédan, an ihm ein Rosenkranz, eine Plakette der St. Marguerite vom Heiligen Herzen, eine Christophorusmedaille und eine Taschenuhr. Erst dann räumte die französische Regierung den Verlust des Luftschiffs ein.

Die Anfangs-Geschichte der *Dixmude* beginnt als Amerikabomber des deutschen Kaiserreichs. Das zweiundsiebzigste Marineluftschiff, das größte bis dahin, mit der Friedrichshafener Baunummer *LZ 114*, sollte im Spätjahr 1918 den Hafen von New York *mit Bomben bele-gen*. Es kam der Waffenstillstand, nach ihm der vergebliche Versuch, das Bombenflugschiff zivil umzudeuten und die Staaten zu besuchen, dabei die erste Atlantiküberquerung zu leisten. Tatsächlich untersagte die Waffenstillstands-Kontrollkommission diese Goodwill-Reise. Schließlich mußte der Zeppelin als Reparation an Frankreich ausgeliefert werden. Aus *L72* wurde *Dixmude*, aus dem kaiserlichen Kontinentalbomber ein französisches Kolonialbeherrschungswerkzeug.

Denn sowohl Frankreich als auch Großbritannien planten am Beginn der Zwanziger Jahre ein Netz von Flugzeug- und Luftschiffslinien zur Erschließung und schlanken *Polizierung* ihrer größer gewordenen Kolonialimperien. *Dixmude* soll sich im Süden des Mittelmeers zeigen, Linien erschließen, werben für das Luftnetz, die praktische Erschließung und Beherrschung der Kolonien von oben ausüben.

Das folgende Desaster ist nur eines von vielen Zeppelinunglücken, Das britische Empire verliert das Indienluftschiff *R101*, Italien *Roma* und *Italia*, die USA ihre drei heliumgefüllten Luftkreuzer *Shenandoah*, *Akron* und *Macon*. Dann die große Katastrophe von Lakehurst, alle überschattend. Jeder Absturz eine Geschichte, jeder Stoff für eine Erzählung, jeder ein Stimulans für einen Lernprozeß mit tödlichem Ergebnis.

Doterel 1881

Unmittelbar nach technischen Katastrophen, nach Flugzeugabstürzen, mehr noch nach Schiffsexplosionen, nach all diesen *normalen Unfällen* entstehen oft Ursachenerzählungen – plausible; naheliegende oder an den Haaren herbeigezogene; politisch gewünschte oder unbequeme; boulevardpressetaugliche, dem Gruselbedürfnis entgegenkommende; offensichtlich interessengeleitete; Ängste berührende, oder mit Ängsten spielende. Manchmal sind die Ursachenerzählungen interessanter als die blanken, trockenen Fakten des Unglücks; man bleibt dann bei ihnen, weil sie doch so passend sind, weil sie manchmal auch eleganter daherkommen als die Werktagsbanalität des tatsächlichen Geschehens.

Als am sechsundzwanzigsten April 1881, fünf Minuten nach 10 Uhr morgens, das erst vor Kurzem in Dienst gestellte britische Kanonenboot HMS *Doterel* in Punta Arenas, tief im kalten Süden Chiles vor Anker liegend, in die Luft flog, schien die Sache klar. Fenians! Die Bruderschaft der irischen Rebellen griff ja die britische Macht an, wo sie sie treffen konnte. Hatte die *Fenian Brotherhood* nicht sogar einen Angriff auf das Territorium Kanadas gewagt, auf eine Kolonie, die genauso ihre Befreiung erhoffte wie die Grüne Insel? Waren nicht Hunderte Bewaffneter, das *shamrock*-Kleeblatt am Rock, beteiligt am Stoß über die Niagaragrenze? War nicht grade der *Fenian Ram* vom Stapel gelaufen, ein Unterseeboot zum Angriff auf die britische Globalmacht? Gab es nicht ständig irgendwelche unerklärliche, unaufgeklärte Schiffsunfälle der Flotte der imperialistischen *Limeys*? Klar war auch, daß das weltumspannende Netz der irischen Rebellen rechte Höllenmaschinen besaß: *Kohlentorpedos*, die während des *totalen Kriegs* der amerikanischen Sezession vom konföderierten Geheimagenten Thomas Courtenay erfunden worden waren. Das waren Bomben, die einem Kohlebrocken täuschend ähnlich sahen, und die, mit der Kohleladung an Bord geschmuggelt, unter den Kesseln verheerend explodierten. Nun hatten die Fenians diese Kohlebrocken. *Doterel* mußte ein Opfer der terroristischen Iren sein.

Die Kohlentorpedo-Geschichte hielt sich lange, auch dann, als Zeugenaussagen eine viel banalere Ursache nahe legten. Immerhin waren die Details nackenhaarsträubend: nur zwölf der hundertfünfzig Mann gerettet, darunter der Kapitän, nackt ins Wasser geschleudert durch die Gewalt der Explosion, die höchste Demütigung der britischen Marinearroganz. Kaum vollständige Leichen, Menschenfragmente im Hafenwasser, wie Schlachtabfälle.

Die neue Ursachenermittlung wies mit dem Finger auf *Xerotine*, ein neuartiges chemisches Mittel, das Lackfarbe bei feuchtem Klima schneller trocknen ließ, selbst aber, wie es sich erwies, höchst instabil und explosiv war. Unachtsames Hantieren unter Deck, eine Kettenreaktion, die Detonation von viereinhalb Tonnen Geschützpulver: finis.

Damit könnten wir es bewenden lassen. Ein Farbenzusatz: es geht kaum banaler. Oder? Nun, *Doterel* war eine auch symbolische Waffe, ein Werkzeug der *pax Britannica*, ein Polizeikanonenboot zum Flaggezeigen, zur Friedensdurchsetzung, für britische Interessen, gegen Piraterie, gegen Sklaventransporte afrikanischer und arabischer Handelsherren, gegen Ausmordungen Weißer durch lokale Herrscher. Für das Auftreten der Globalmacht mußte das Schiff stets *smart* aussehen, Messing poliert, Decks gescheuert, Rumpf geweißt. Ständig mußte daran gearbeitet werden: nach jeder Seepassage, nach jedem Übernehmen von Kohlesäcken, nach jeder Schießübung, die die Aufbauten einrußte – weswegen sauberkeitsbewußte Kapitäne lieber die Übungsmunition über Bord warfen, als beim Abfeuern der Geschütze die Erscheinung ihres Schiffes zu verdrecken. Täglich wurde lackiert, Farben mußten ständig zum raschen Trocknen mit *Xerotine* angerührt werden. *Smartness* als Verhängnis?

Douhet 1921

So stellte er sich das vor: Sprengbomben in die Häuser, dann Brandbomben in die offenen Dächer, die dritte Welle der Bomber vernichtet die Lösch- und Rettungsmannschaften. Dann schließlich der finale Schlag: Gas in die Städte, versprüht von Flugzeugen, alles noch Lebende, verkrochen in Kellern, vernichtend, jeder Atemzug, jeder Hautkontakt letal. Die Auslöschung einer Stadt und aller Bewohner: Dieses Grauen, diese Horrorerfahrung muß doch den Zusammenbruch des Willens und damit den Frieden bringen, unmittelbar, sofort, oder? – und ist daher notwendigerweise humaner als ein jahrelanger Krieg mit Millionen Toten.

Den italienischen Militärintellektuellen Giulio Douhet lasen sie alle in den Dreißiger Jahren. Krieg nicht gegen die Streitkräfte des Landes oder gegen die Industriewerke, sondern direkt ins Herz des zivilen Lebens: Das war revolutionär. Douhet war Militärfuturist, die Ästhetik von Gewalt und Schreckensromantik der italienischen Künstlergruppe um *Filippo Tommaso Marinetti* in kühle militärische Rationalität übersetzend. *Il dominio dell'aria*, Die Beherrschung der Luft, von 1921, das Konzeptbuch des *moral bombing*, war kein bloßes Glasperlenspiel eines Kriegsakademikers, sondern Anleitung und Handbuch. In kleinem Maßstab probierte das die *Royal Air Force* in den Kolonien, in Afghanistan, in Kurdistan, im Irak, vor dem Großversuch des Luftkrieges gegen deutsche Städte. Die deutsche Luftwaffe unterschrieb Douhets Konzept nie ganz, aber praktizierte Städtebombardements in Spanien, den Niederlanden und England.

Eine Verteidigung schien es nicht zu geben. Der britische Premier Stanley Baldwin beschrieb 1932 illusionslos, daß es keinen Schutz gäbe, der Bomber käme eben immer durch – *the bomber always gets through* – und die einzige Maßnahme bestünde darin, *to kill more women and children more quickly than the enemy*. Die Konsequenz: keine Jagdflugzeuge bauen, sie sind sinnlos; stattdessen Vergeltungsbomber; auch Gasflugzeuge planen, in großer Zahl. Dazu die Bevölkerung härten, Bunker, Luftschutzkeller bauen, kollektive psychische Stärkung auch. Immerhin: Romane, Serien in Zeitungen, Filme malten den Schrecken aus. Douhets Luftkriegskonzept war für die Jahre vor dem Zweiten Weltkrieg, was die Atomkriegsdrohung für die Jahre danach war.

Welcher radikale Intellektuelle sieht wohl seine Konzepte tatsächlich und in größtem Maßstab umgesetzt? Nun, die Verluste der Bomberströme waren groß, weil, und auch das kalkulierte Douhet ein, der Bomber eben nicht immer durchkam. Der Krieg endete nicht schnell. Gas als dritte Komponente nach Spreng- und Brandbomben wurde nicht eingesetzt. Die Städte starben, aber das, was von den Bevölkerungen übrig blieb nach dem Brand, kapitulierte nicht. Das Grauen wurde normal, dazu dialektisch in Widerstandswillen transformiert. Die Städte erstanden wieder; es gab folgenlose Debatten über Folgen, Moral, Sinn und Recht. Erinnerungen verblassten, die Erde wurde nicht unbewohnbar. Die Kalkulationen des italienischen Militärintellektuellen erwiesen sich als grundfalsch: Der Krieg war nicht kurz. Das psychotechnische Großexperiment der Massenbeeinflussung und Panikerzeugung scheiterte trotz Millionen Toter völlig. Die Stadttrümmerfelder waren bloße *Rayons in den weiten Totenfeldern der Geschichte*. Douhet starb schon 1930 an einem Herzinfarkt und erlebte nichts davon.

Dragon Rapide 1954

Hemingways Irrtum: Es war nicht die Spülkastenkette, an der er zog, sondern die Kette des Toilettenoberlichts. Das herabstürzende Fenster verletzte ihn heftig an der Stirn. Nach der Narbe gefragt, wich er aus; dann erzählte er lieber die Story seiner beiden Flugzeugabstürze 1954 in Uganda. Das Folgende müssen wir uns also im Stil seiner lakonischen, elliptischen, aussparenden *iceberg prose* denken.

Die Cessna streift, nach dem Flug über dem Murchinson-Wasserfall, einen Strommast: Bruchlandung. Er schlägt sich mit seiner Frau

Mary, beide verletzt, zu Fuß und per Boot in zwei Tagen zu einer schlammigen Dschungelpiste durch. Das Boot: eine Dampfpinasse, zurückgelassen nach dem Dreh des Films *African Queen*. Eine *Dragon Rapide*, zweimotoriger Doppeldecker, das typische Buschflugzeug für schlechte Flugfelder, schafft den Start nicht, crasht, brennt. Die Hemingways schaffen es hinaus, er muß aber mit Kopf und Schultern die Sperrholzrumpfwand aufstemmen. Ein paar Tage hält ihn die Welt für tot.

Seine Verletzungen – ausgerenkte Schulter, Nierenblutung, Milzriss, Gehirnerschütterung, auch Stirnverletzung – werden nie ganz ausheilen und sein Leben bis zum Freitod verdüstern. Welchen Anteil daran der Unfall mit dem Badoberlicht hatte, wissen wir nicht.

DVII 1918

So, nochmal: Imitation von Technik – das sagt sich leicht. Aber das ist vielleicht ein falscher Einstieg. Probieren wir es so: Die deutsche Fliegertruppe steht mit, wie man sagt, dem Rücken zur Wand. Die Motorenindustrie des Reichs ist längst abgehängt, ihre biederen Sechszylinder auch dann unterlegen, wenn sie von *Benz*, den *Bayerischen Motorenwerken* oder der *Daimler Motorengesellschaft* kommen. Deshalb gibt es großen Druck, wenigstens bessere Flugzeuge zu bauen, wenn schon die britischen *Beardmores* und die französischen *Renaults* leistungsfähiger sind. Aber die deutsche Flugzeugindustrie pfuscht nun doch ziemlich herum in diesem Spätjahr 1917. Jeder konnte, wollte und begann Flugzeuge zu bauen, die Großindustrie, Siemens, AEG, ebenso wie ein paar kleine Klitschen. Jeder wollte ein Stück vom Kuchen der Luftrüstung.

Da kam die überraschend moderne, überraschend unpreußische Lösung: Konkurrenz! Jeder, der baute, durfte ein Modell liefern. In Berlin saß die *crème de la crème*, die Jagdflieger mit den vielen Abschüssen, mit ihren Privatautomobilen, dem *pour le mérite*, dem *Blauen Max*, am Halsband, an den Tischen der Schlemmerlokale, bei Kalbsvögerln und requiriertem *Schampaninger* – Lebensmittelkarten: wie bitte? – und wartete auf das *Große Vergleichsfliegen*. Raus waren bald die Klitschen. Die Großen, die Siemens, verteilten keine von diesen Papier-Reichsmark, sondern viel Vernünftigeres, aber das half ihnen auch nicht.

Da war nun jemand, der weniger schmierte. Er war doch eher einer von ihnen, dieser verrückte Niederländer, der seine Maschinen selber flog, wie der Teufel, wie es hieß, und das sogar in deutscher Uniform. Der hatte eine banal ausschauende Maschine mitgebracht; die war, wie wenn man die Arme ausbreitete und ganz ohne diesen Technikkram, bloß durch sich selber, flöge. Das beeindruckte die Görings, Allmenröders, Udets wie auch die Inspekteure des Flugwesens. Fokkers unscheinbare *DVII* wurde zum Standard-Einsitzer der Luftstreitkräfte des Reichs.

Caesar hatte, nach Brechts Diktum, bei Galliens Eroberung *wenigstens einen Koch bei sich*. Fokker auch; er hatte seine Leute fürs Schweißen dünner Stahlrohre, hatte seinen Meister Franz Möser (ja, der), der mit ihm diese merkwürdigen dicken Tragflügel mit den Kastenholmen ersann. Hatte der Probebau nicht ziemlich tückische Flugeigenschaften? Vorm Vergleichsfliegen schweißen wir ein Halbmeterstück hinten ans Rumpfgitter: so. *Die Größe ein bloßer Zufall.*

Alle mußten nun den neuen Vogel bauen, die Großen, die AEGs, die Klitschen, Klavierwerke, Schreinermeister. Bloß gab es gar keine Pläne. Anthony Fokker und seine Köche hatten gebastelt, experimentiert, improvisiert. Was nun?

Wir sind jetzt wieder beim Anfang der Geschichte. Imitation von Technik ist hier nun, in diesem Fall, doch recht leicht. Ein paar Vermesser des Prototyps, Ingenieursgehilfen, technische Zeichner: die

Pläne fürs Nachbauen sind gemacht, es geht los. Los für ein überlegenes Jagdflugzeug, für prächtige Lizenzgebühren für den Niederländer, und für den Eintrag in die Geschichtsbücher. Denn die *DVII* wird im Waffenstillstandsabkommen von 1918 eigens erwähnt, ein Solitär, als einziges Flugzeug. Alle mußten an den Gegner ausgeliefert werden.

E.F. 1987

Wenn man von einem Bruch noch weglaufen kann, ist es kein richtiger Bruch – ein Bonmot unter den alten Fliegern vorm Ersten Weltkrieg. Nun, sie konnte zwar nicht weglaufen, kam aber doch einigermaßen davon, weil das Cockpit der *BAC 1-11* weggeschleudert wurde beim Crash auf die Autobahn, 1971. *Menschliches Versagen*: kein Pathos bitte, es war doch eher bloß Sorglosigkeit, Schlamperei, Abtun, Ableugnen, Nonchalance. Kerosin statt Wasser in den Einspritztanks der beiden *RollsRoyce*-Triebwerke: Als der Geruch auffiel, reagierte die Copilotin, *hier stinkt alles nach Kerosin*. Das hätte ein zitierbares Vorletztes Wort sein können. Die Landung auf der Hamburger A7 war aber jedenfalls hochprofessionell.

Als sie, sechzehn Jahre später, das zweite Mal dabei war, wieder als Copilotin, konnte immerhin einer vom Bruch weglaufen, als einziger: Schleswig-Holsteins Ministerpräsident.

Eole 1897

Die Flugmaschine von Clement Ader flog nie. Sie kam über Hüpfer nicht hinaus. Natürlich war das eine Katastrophe für den Erbauer, und eine Enttäuschung für die französischen Militärs, die auf eine Wunderwaffe gegen *les prussiens* gebaut hatten. Das Schicksal aller dieser untergegangenen, zerspellten, vergessenen Flugmaschinen, Flugapparate, Aeroprojekte, in diesem *rußigen Saeculum*, dem neunzehnten: Mißerfolgsgeschichten, jede auf andere Weise unglücklich.

Nur: Aders Maschine blieb erhalten, und wir können sie sehen in dieser Wunderkammer, dem *Musée des Arts et Métiers* in Paris. Da gehört sie hin, die Dampffledermaus. Sie ist eine Endentwicklung, die Schneide des Dampffortschritts im Dampfjahrhundert, mit einer leichten, schnellaufenden, höchstleistenden Maschine, die gar nichts vom Lokomotivischen mehr hat; und dies in einem zwanzigmeterspannenden halbtransparenten Fledermauskleid, bionisch inspiriert und feinfingrig gegliedert, grazil und mächtig. Da, im Rokokotreppenhaus des Museums, schwebt sie, neben der entweihten Klosterkirche, die seitdem der Revolution geweiht ist, dem Fortschritt, der Technik und der Vernunft. Ein erstaunlicher Anblick im hybriden Raum des Technischen und Architekturalen. Gut, daß die Dampffledermaus niemals flog.

Das Museum hat übrigens eine eigene Metrostation; es gibt keine Entschuldigung, die *Éole* nicht zu bewundern.

Fi103 1944

Welche Abwehr gibt es gegen neuartige Waffen? Gegen Fieselers simple *Fi103*, die Flügelbombe, den Ur-Marschflugkörper, die pathetisch so genannte *Vergeltungswaffe 1*, konzeptlos eingesetzt von einem verzweifelnden Regime gegen Südengland und London, gibt es einige Methoden: Sperrballons, aufgelassen von Frauencrews; normale Flugabwehrgeschütze, auch bemannt von Frauen; *Spitfire*-Jäger, die die *buzz bombs* durch Tragflächenantippen aus der vorgeplanten Bahn werfen... Aber das Vereinigte Königreich würde seinem wohlgepflegten Selbstbild untreu, wenn es da nicht noch *tricks* in der Hinterhand gäbe, und die sind, selbstredend: klug, geheim und wunderbar indirekt.

Die Geschichte geht etwa so: Den Deutschen ist nicht klar, wo genau die Flügelbomben einschlagen. Kein deutsches Aufklärungsflugzeug kommt durch, um nachzuschauen; kein deutscher Agent kann Zuverlässiges melden, denn alle sind sie umgedreht: die Gegenspionage-Aktion *double cross – XX – Twenty* sorgt für ausschließlich kontrollierte Meldungen aus Großbritannien. Selbstredend macht die Presse mit bei den fingierten Einschlagsmeldungen. Und nun berichten die Doppelagenten ins Reich: Die Flugkörper flögen zu weit, viel zu weit, nach Nordlondon – also verkürzten, so das Kalkül, die deutschen Lancierungsmannschaften die Flugzeiten; und, voila!, die *buzz bombs* detonierten harmlos – nun ja, *relativ harmlos* – irgendwo im Süden der Hauptstadt. Das kleinstmögliche Unglück für die größtmögliche Zahl.

Eine wunderbar befriedigende Geschichte, oder nicht? Tatsächlich ist nicht klar, ob man auf der Südseite des Kanals darauf hereinfiel; und nicht einmal klar ist, ob die deutsche Seite die Fehlinformationen des *double cross* überhaupt bemerkt hat.

Flak 1916

Arno Schmidt diente bei der Schweren Artillerie; auch Nietzsche war Artillerist, so wie Friedrich Engels. Über die Profession des Schießens in der Kultur wäre also nachzudenken. In dieser Intellektuellen- und Literatenwaffe diente auch Franz Richard Behrens, ein *guter Meister zweiten Ranges*, ein *Expressionist Artillerist*. Das war der Titel eines Gedichts von 1916, das seinen Weg in kein Schulbuch, nicht einmal in eine gute Anthologie, gefunden hat. Nun, nicht immer kommen Spagatübungen zwischen der technischen, gar der militär-technischen Kultur und der restlichen, der arroganten hohen, gut an – die flug- und autobegeisterten italienischen Futuristen waren eine Ausnahme. Renegaten mag aber kaum einer.

Ob das Behrens egal war, wissen wir nicht. Als er bei der *K-Flak* dien-te, einer Kraftwagen-Flugabwehrkanonen-Batterie im Westen, an der Aisne und am Chemin des Dames, ging er *Auf Fliegerfang*, Da sah er sich selber als Partner der Jagdflieger, als einer, der von unten genau das gleiche betrieb wie die Piloten oben in ihren Albatros oder Fokker: gegnerische Maschinen vernichten. Er kanzelte einen Kriti-ker ab, der seine Waffengattung nicht kannte, *die Brüder der Flieger, die Flug Abwehr Kanonen, die heute im deutschen Heere mehrere tausend Formationen mit über 600 000 Mannschaften haben*. Und er blieb bei seinem Kulturspagat, schrieb sein Abschußgedicht *Sechs-taktmotor*, sein *Oppauamoniak*, ein Langgedicht über die Explosi-onskatastrophe in Ludwigshafen, das Drehbuch für den Sensations-stummfilm *Die Autofahrt unter der Erde*. Zum Schluß, in seiner kal-ten Einraumwohnung in Ostberlin, konnte er nicht mehr recht ver-stehen, daß er als junger expressionistischer Kanonier Literaturge-schichte geschrieben hatte.

Flore 1971

Zwei Fälle, ganz ähnlich: Das französische Unterseeboot *Minerve*, 1968 auf Übungsfahrt vor Toulon, begleitet von einem Aufklärungs-flugzeug *Breguet Atlantique*, meldet sich ab, taucht, ist vermißt, ver-loren, das Wrack ist nicht auffindbar. Zwei Jahre später wiederholt dies unheimlicherweise die *Erydice*, ein Schwesterschiff. Auch hier geht der Kontakt mit einer *Atlantique* beim Tauchbeginn verloren.

Beide Male keine Krisenzeichen davor; und keine Überlebenden. Diesmal wird das Wrack, eher nur Trümmerteile, nach sechs Wochen gefunden, zerfetzt durch eine Explosion, in einem Dreißigmeterkrater.

Unterseeboote sind, wie Luftschiffe, die unfallträchtigsten, gefährlichsten und verlustreichsten technischen Systeme überhaupt, in Frieden und Krieg. Um aus den so schrecklich vielfältigen Arten und Kategorien der Ursachen herauszudestilieren, *wie es eigentlich gewesen*, um aus diesen normalen Katastrophen zu lernen, muß immer wieder akribische, detektivische Arbeit der Rekonstruktion und Aufklärung geleistet werden, von Behörden, Experten, Untersuchungsteams, oft mit jahrelangem Such- und Untersuchaufwand.

Nun, beim Doppelfall der beiden Verluste kam nichts heraus, gar nichts, erstaunlicherweise; jedenfalls nichts greifbar Öffentliches. Den Akten wurde eine dreißigjährige Sperrfrist verordnet. Das Wrack der *Erydice* wurde sogar erst 2019 gefunden, und dann nicht von der französischen Marine, sondern von der amerikanischen. Das schien doch verdächtig nach Vertuschung, Verschweigen, strikter Geheimhaltung zu riechen. Angehörige der Toten fragten, ließen nicht locker, wollten Gewißheiten, obgleich nutzlose; ohne Ergebnis. Natürlich gab es Spekulationen und Theorien, aber nicht allzu viele und wirre. In Anbetracht der spektakulären Untergänge war die öffentliche Reaktion doch recht zahm. Als die Akten nach Jahrzehnten geöffnet wurden, als die Einsicht, um die die Familien lange vergeblich gekämpft hatten, möglich wurde, zeigte es sich, daß die Papiere nichtssagend waren und die bekannten kahlen Fakten bestätigten. Manche der graubeigen Aktenmappen waren leer.

Nun, nach dieser Argwohn erregenden Pointe, wäre die Geschichte zu Ende, wenn es nicht mit einem dritten Unterseeboot ein paar Monate danach – wieder ein Schwesterschiff, wieder vor Toulon, wieder in einer ähnlichen Standardsituation beim Abtauchen – einen Vorfall gegeben hätte. Die *Flore* schrammte 1971 knapp an einer Katastrophe vorbei: einem Wassereinbruch im Dieselmaschinenraum, schnelles unkontrolliertes Sinken auslösend, das nur durch Abwurf des Notballasts aufzuhalten war. Der Kommandant hatte seine Reaktionsmöglichkeit von unter zwei Sekunden gut ausgenutzt.

Fehlkonstruierte oder fehlbediente Dieselraumklappen: War dies auch bei der Doppelkatastrophe ursächlich? Wir werden es nicht wissen. Die Jahrzehnte haben alle Spekulationen, Fragen und Theorien abgedämpft. Das überlebende Unterseeboot jedenfalls liegt als Denkmal im Museumshafen von Lorient.

Flyboats 1906

Verstehen wir immer, was wir sehen? Schauen wir aufs Richtige, oder bloß aufs Deutliche? Daß wir wohl nur dies wahrnehmend verarbeiten, was wir wissen, mag ein Grundsatz ästhetischer Anschauung sein, wohlbestätigt durch Interpretationen und Erfahrung. Solches Reflektieren hilft aber nur wenig, wenn wir uns die Erklärungsaufgabe stellen, warum unsere Vorfahren manches nicht erkannten, obwohl sie es sahen.

Stellen wir uns einen dieser neuen Kanäle in Mittelengland vor, um die Mitte des achtzehnten Jahrhunderts, ein glatter Pfad daneben, ein flaches Passagierboot, gezogen von einem mittelschweren Falben im mäßigen Trab. Nun aber eine plötzliche Leichtigkeit, ein Verlust an Widerstand, den der junge Reiter auf dem Tier ebenso spürt wie der nun wie befreit losgaloppierende, doch irritierte Falbe. Sich umwendend, sieht der Junge, daß das Boot einen Sprung getan hat, und nun, aufreitend und die eigene Bugwelle hinter sich lassend, dem Pferd folgt wie ein Schatten.

Natürlich wissen wir heute, daß dies *Gleiten* war, eine Überwindung des schweren Rumpfwiderstandes, ein Fliegen vor dem Fliegen, so, wie der Holländer in der Seegeschichte flog; weswegen die neuen kleinen Passagierboote nun *flyboats* hießen: neue Geschwindigkeitsmaschinen, jedenfalls zwischen den Schleusen. Erst hundertfünfzig Jahre später, in einer Zeit von Hochleistungsdampfmaschinen und schnellaufenden Verbrennungsmotoren, verstand man, was man sah, und baute, was man verstanden hatte – die französische *Ricocheteur* etwa, die 1906, gleitend, vor Monaco ihre Rennen gewann.

Ford 1929

Wir sind gescheitert, sagen wir es doch. Es gibt die *Eine Beste Art*, eine Schraube auf einen Stehbolzen zu setzen; das haben wir entwickelt. Wir haben auch die Arbeiter erzogen und ihnen die verschwenderische und törichte Art, es so zu machen wie immer, wie ihre Vorfahren, ausgetrieben. Wir verstehen den Körpermotor, die menschliche Arbeitsmaschine, inzwischen sehr gut. Ermüdung, Handgeometrie, Werkzeughandhabung, Dauerbelastung bei getakteten Arbeitsschritten am fließenden Band: Das ist unsere Wissenschaft vom Arbeiten. Wir haben *Das Geheimnis der Produktion* entdeckt. Sehen Sie das Resultat: Neuntausend Wagen am Tag, jeden Tag.
Viel zu viele sind das inzwischen. Wir müssen die älteren Wagen unbedingt vom Markt nehmen. Dafür arbeiten wir an Fließbändern für das Zerlegen. Wir betreiben nun eine Wissenschaft der Zerstörung zur Materialrückgewinnung. Aber: Es geht nicht. Jetzt müßte ich fluchen, was aber meine vernünftige Haltung nicht gestattet. Das Festziehen einer Schraube bei einem neuen Motor ist nämlich, wie wir feststellen müssen, etwas Anderes als das Lösen einer fünf Jahre alten. Unsere Arbeitswissenschaftler beobachten mit tiefem Unbeha-

gen die Kämpfe der Arbeiter mit festgerosteten Schrauben, mit partout sich sträubenden Blechverbindungen, mit korrodierten Flanschen. Die alten Karossen sind, verdammt nochmal, widerständige, störrische Dinge, die sich gegen Rationalität und gegen wissenschaftlich fundierte Zerlegung in getaktete Arbeitsschritte sträuben. Schauen Sie sich doch die brutale Art des Schiffsverschrottens an: Da stürzt sich ein Trupp mit Azetylenschneidbrennern, Brecheisen und schweren Hämmern auf den Rumpf, ein Prozeß wie das barbarische Zerlegen einer Elefantenkarkasse in der Savanne, wo doch in unseren Schlachthäusern in Cincinnati der Prozess der seriellen, sagen wir es doch, demokratischen Schweinezerlegung längst einen hohen Grad von Klarheit und Präzision erlangt hat. Sind störrische Autowracks so viel schwieriger zu verwerten als tote Schweine? Es muß doch einen Weg geben. Wir können doch nicht zurück zur kulturlosen, irrationalen Savannenmethode, dieser Zerhackerei, ausgeübt von einem Haufen Detroiter Proleten.

Gefion 1849

Das war schon ein merkwürdiger Halbkrieg, oben im Dänischen, in diesem zur Gänze merkwürdigen Jahr 1849. Die Reichsverfassungskampagne in der Pfalz, gegen die Bundestruppen, war ja ähnlich. Die hatte auch ihre komischen Momente. Das erkannte der junge Friedrich Engels, als er den Einsatz der Bauerntrupps mit ihren geradegeschmiedeten Sensen dirigierte und den Enthusiasmus der jagdgewehrbewaffneten Burschenschaftler bremsen mußte. Aber die Gefechte der deutschen Antidänen, die waren schon ernsthafter, auch die im Achtundvierzigerjahr davor. Bloß: die Deutschen – wer war das? Ein paar Bundestruppen, Preußen, Thüringer, großdeutsch denkende Studentenfreiwillige? Die deutschen Bauern im Dänenland hielten sich natürlich vernünftigerweise zurück, und den Leuten zwischen Hamburg und den österreichischen Küstenlanden der Adria war die Rebellion, das Beharren auf das *ewig ungeteilt* der beiden Fürstentümer Schleswig und Holstein, doch ziemlich egal. Die Scharmützel um Flensburg, bei den Düppeler Schanzen, *Dybbøl* müssen wir sagen – ein paar Dutzend tote Burschenschaftler, ein paar Hundert Rebellen gefangen auf einem dänischen Kerkerschiff: waren das überhaupt richtige Schlachten?

Und doch, ein Ereignis *elektrisierte* das Land, wie man es schon damals nannte, bevor die Elektrizität nützlich wurde. Wenn wir es auf den Begriff bringen wollen, so war es einfach eine gründlich fehlgegangene Strafexpedition eines Dänengeschwaders gegen das unbotmäßige, rebellische Eckernförde. Ein Linienschiff, eine Korvette, zwei moderne Raddampfschlepper, 146 Geschütze, darunter viele schwere Zweiunddreißigpfünder, gegen zwei, drei preußische Strandbatterien, Sechspfünder, hinter hastig aufgeworfenen Sandredouten: ein ungleiches Duell. Der Wind dreht aber in die Bucht, die Trosse zum Linienschiff *Christian VIII* ist zerschossen, der große Zweidecker hilflos, auch die Fregatte *Gefion*. Es entwickelt sich eine Standardsituation im kriegerischen Schach: Die Dänenschiffe müssen Treffer einstecken durch glühend gemachte Kugeln, Brände entstehen an Bord, die kaum zu löschen sind, die Pulverkammern sind bedroht, die Strandbatterien sind nicht auszuschalten. Der *Danebrog* wird gestrichen. Der preußische Batteriekommandant nimmt formgerecht an Bord des Linienschiffes den Degen des unglücklichen Kommandanten entgegen, und dann, da *in den menschlichen Verhältnissen eine unabwendbare Gewalt* besteht, fliegt die *Christian VIII* mit Freund und Feind in die Luft. Immerhin kann die Fregatte von der Marine des kurzlebigen Deutschen Bundes übernommen werden, dann, es ist Nachrevolutionszeit, von der preußischen Marine. Dänemark schlägt die Rebellion trotzdem nieder. Keine Schlußpointe: Nicht nur gibt es *in der Menschennatur eine entsetzliche Gleichheit,* sondern auch in der der Schiffe: *Gefion* wird Kohlenhulk, Wohnschiff, bald abgewrackt.

GfK

Wieder eine Formel: Demokratisierung von Luxus. Hygiene, Heizung, Behandlung von Krankheiten: das alles hat *Unser Aller Mutter,* die Industrialisierung, ermöglicht – und auch eine Demokratisierung des Vergnügens auf dem Wasser. Kleine Segelboote: das bedeutet Lust an einer aufregenden, herausfordernden Skill-Ausübung, an *flow,* purer Lust am Beherrschen einer Kulturtechnik, Faszination für Wasser und Wind. In Großbritannien, gerade aber auch in Frankreich und in Westdeutschland erlebten Jollen ab 1960 einen beeindruckenden Boom. Kleine Boote waren die Sehnsuchts-Mobilitätsmaschinen des Nachkriegs-Freizeitbooms.

Das hatte eine Vorgeschichte, natürlich. Segeln mit kleinen Jollen war schon um, sagen wir, 1900, eine kleine Kulturrevolution. Keine teuren Yachten mit Profimannschaften, die Eigner nautisch elegant gekleidet, aber passiv an Bord oder gar an Land, auf der Jachtcluberrasse, beobachtend und wettend. Wenn man doch mal selber eingriff, mit völlig unberechtigtem Selbstvertrauen, wie der deutsche Kaiser, lud das Unheil ein. Später erst segelte man selber, mit Spaß am eigenen Können, mit Körpereinsatz, raschem Reagieren und Beurteilen des Windes: Sport, auch wenn es nur Wasserflanieren war. Die Boote lagen an Stegen bürgerlicher Clubs, gegründet von City-Angestellten oder mittleren Beamten, an der Themse, im Lake District oder an Meeresbuchten. Sie waren sehr viel billiger, und konnten selbst gepflegt, sogar repariert werden. Potentiell jedenfalls, denn tatsächlich brauchten selbst solch kleine, handliche Zwölffußjollen

Profis zur Reparatur der Klinkerrümpfe mit ihren dampfgebogenen Spanten, der Masten und Gaffeln und ihrer Beschläge. Die Baumwollsegel waren rasch ruiniert, wenn man sie naß verstaute, oder verzogen sich irreparabel. Massentauglich, bis hinunter in die Arbeiterschaft, waren also kleine Segelboote noch nicht, nicht einmal, als das Hochtechnikmaterial Sperrholz aufkam.

Das änderte sich erst mit dem chemischen Bootsbau, etwa ab 1960, mit Rümpfen aus Polyesterharz, das, mit Glasfasergewebe verstärkt, rasch, seriell und preisgünstig in Formen gebaut werden konnte: Fiberglas, Glasfaserkunststoff, kurz GfK, diffamiert von den Holz-Aficionados als *frozen snot*, gefrorener Rotz. Die Boote dieser Bootsbaurevolution waren anfangs noch Plastik-Interpretationen bewährter hölzerner Typen, aber bald kamen neue Modelle, die die Möglichkeiten des neuen Wundermaterials erst richtig ausnutzten und weichere, abgerundete Formen bekommen konnten. Frankreich war hier vorn. *420*er oder *470*er-Jollen: das waren die Massenboote der *Trente Glorieuses*, zum Regattasegeln, zum Rumtoben auf dem Wasser, als Wochenend-Eskapismusgerät, als Leihboot im *Club Med*, als Familienboot zum Anlernen der Kinder. Zusammen mit den vielen nationalen Typenablegern – die deutschen *Klepper Trainer*, die niederländischen *Middellandse Zeejols*, die britischen *Wayfarer*, – gab es sie bei deutschen Warenhäusern und an niederländischen Stränden, sie lagen umgedreht auf alten Reifen in Reihenhausgärten oder standen auf Bootsanhängern vor den Garagen. Auch wenn sie dort verdreckten: Die Plastikrümpfe, die Aluminiummasten und die Dacrongewebe-Segel waren fast unverwüstlich, pflegeleicht wie Nyltesthemden oder Melamingeschirr. Jollen auf simplen Trailern, hinter Autos für das Existenzminimum, oder einfach umgekehrt aufs Autodach geschnallt: Das waren die Kombi-Mobilitätsmaschinen des europäischen Wirtschaftsbooms, des Bräunungskults, der Solarrevolution, der Mittelmeersehnsucht.

Das ist Geschichte. Viele Segler sind seitdem abgewandert nach oben, zu größeren Kajütbooten, zu aufwendigeren Rennjollen, oder zu sportlicheren, herausfordernderen Segel- und Kitesurfboards. Aber GFK-Boote, deren Bautechnik übrigens die gleiche ist wie die der Flügel von Windturbinen, sind nicht kleinzukriegen. Auch nach fünfzig Jahren segeln immer noch überraschend viele. Recyclen ist sehr schwierig, wie auch bei Windflügeln: *Thermisch verwerten* – ein wunderbarer verunklarender Begriff fürs Verbrennen – lassen sie sich nicht, allenfalls shreddern, als Zuschlag für Straßenbeläge. Da bleiben die kleinen Boote doch besser hinter Einfamilienhäusern liegen, oder irgendwo anders – wie Windturbinenflügel. *Polymers are forever.*

Goliath 1922

Navigation in der Luft: Das war lange eine unexakte Wissenschaft, oder eine unpraktische Kunst. Der Kompaß geht wegen der Vibrationen fest, oder wird durch die Motorenmasse ins Wilde abgelenkt. Karten bläst es weg im natürlich offenen Cockpit; Zirkel und Parallellineal handhaben mit pelzgefütterten Handschuhen: na danke.
Es bleibt der Fliegerblick von oben auf den abstrakten Kandinsky dieser zweidimensionalen, wenig konturierten Welt, die so ganz unähnlich dem klaren Kartenbild ist. Das Postflugzeug der *Royal Mail* von Croydon nach Paris hält sich daher an den konstruktivistischen schwarzen Vektor der Parallelgleise der französischen Nordeisenbahn, linear gezogen durch die Picardie, an diesem böigen, unsichtigen Apriltag 1922. Im gleichen Nieselregen befliegt eine französische *Farman Goliath* die Gegenroute, ein Flitterwochenpaar an Bord. Beide Piloten halten sich an ihre Lieblingshöhe, hundert oder zweihun-

dert Meter über den nassen pikardischen Feldern, denn weiter oben ist es noch böiger und kälter.

Die Ursache der sich nun ereignenden ersten Kollision der Zivilluftfahrt ist klar und zu erwarten: Der Pilot der *de Havilland* weicht nach links aus, der Pilot der *Goliath* nach rechts.

Grand Hotel 1892

Was nehmen historische Kuriositätensammler, Flohmarktstöberer, enthusiastische Laien oder exzessive Websurfer eher wahr, oder sogar eher ernst, als akademische Historiker? In den Gerümpelhaufen und Bildchaoswelten gerade auch der Technikgeschichte bleibt manches verschüttet, manches wird auch hervorgezerrt, aber warum? Merkwürdige Bilder auf *Pinterest*, vergilbte Bromdrucke auf brüchigem Papier bei *ebay*, oder Flohmaktfunde von Exemplaren des *Petit Journal*: Das dort Sichtbare ist gar nicht so einfach zu verzahnen mit den langen historischen Linien und den Geschichten, die in den Lehrbüchern der gymnasialen Kollegstufen oder in Epochenlehrveranstaltungen historischer Departments erzählt werden. Wenn wir es aber trotzdem versuchen, wenn wir etwas herauszudestillieren und miteinander zu verzahnen unternehmen – erzeugt das tatsächlich mehr als ein Achselzucken? Das sind doch Orgien der Irrelevanz, oder nicht?

Nun, probieren wir es einmal mit der *Hoche*. Drei Geschichten bieten sich an, die *windschief* zueinander stehen: Geraden, die sich nicht schneiden. Die erste, die Baugeschichte, ist etwas für *shiplovers*. Das Bild des französischen Panzerschiffs, mit Rammsporn, hochgetürmten Decksaufbauten, dräuenden Geschützrohren, zwei schweren Panzermasten, qualmenden Schornsteinen, appelliert an einen Sinn für schräge, exzentrische Technik, für Liebhaber von Steam- oder Dieselpunk.

Aber es ist mehr; das lassen schon die rohen Daten ahnen. Kiellegung 1881, Stapellauf 1886, im Dienst 1890. Zehn Jahre! – und das in dieser Dekade erhitzter Innovation, raschester, furiosester Fortschritte beim Panzerschiffsbau. Die Konstrukteure handelten unter unsicherem Wissen. Wohin bewegte sich der Vektor des künftigen Schlachtschiffs? Dazu behielt die Werft in Lorient immer ein Auge auf den Schiffbau des potentiellen Gegners, also der britischen Navy. Deren Innovationen möchte man gern haben, übernehmen und einbauen.

Dann gab es einen Konstruktionsfehler. Die Bauwerft erkannte, dass die Geschützausrüstung niemals in der geringen Schiffsgröße untergebracht werden konnte. Umkonstruktion des Rumpfes, neue Panzertürme, neue Geschütze, nochmals schwerere Ausrüstung, Torpedoabwehrkanonen, Zielgeräte, Gewichte elektrischer Generatoren: Neues aufs Alte draufgetürmt. Das Resultat war zu erwarten – und dann sattelte die Werft noch den einen oder anderen kleinen Baufehler drauf. Die *Hoche* bekam Deck auf Deck, immer unordentlichere, immer höhere Aufbauten, und ihr größer werdender Tiefgang bewirkte, dass der Panzerungsgürtel nutzlos unter Wasser lag. Das Schiff war, kein Wunder, gefährlich instabil. Das Resultat wurde bald als *le Grand Hotel* ironisiert.

Die zweite Geschichte ist eine für Connoisseurs von Schiffsuntergängen. Das *Grand Hotel* ist diesmal nicht direkt der Schurke im Stück, aber … Eine Geschwaderübung vor Marseille, das Panzerschiff mittendrin. Qualmwolken der kohlebefeuerten *Belleville*kessel, stinkende, dichte, gelbe Pulverdämpfe der Abschüsse vor den Geschützmündungen, die jede Sicht nehmen. Da taucht plötzlich der Passagier- und Postdampfer *Maréchal Canrobert* auf, fährt dicht auf zum Geschwader. Man will die neugierigen Schiffsgäste näher zum Flottenschauspiel bringen. Das Publikum in ganz Europa liebt seine mächtigen, dräuenden Schlachtflotten, lechzt nach Bildern der aufragenden Panzerschiffe mit ihren phallischen Kanonenrohren und gefahrbringenden scharfen Rammsteven.

Nun, hier wird den Passagieren etwas geboten: Der Bug der *Hoche* zerschneidet das kleine Postschiff ohne Mühe. Die meisten können übersteigen auf das Panzerschiff; nach acht Minuten geht der Dampfer auf Grund. Bloß fünf Tote, oder 100 – was frommts nach so langer Zeit? Ins Stammbuch für die Passagiere: *Neugier ist der Katze Tod.* Faszination durch Panzerschiffe kann letal sein. Und eine Lektion für die *Hoche*: Gar *so* schlimm steht es um ihre Stabilität wohl gar nicht. Es ist ja gut ausgegangen. Und ein Rammsteven ist eine durchaus wirksame Waffe.

Die dritte Geschichte ist eher ein unspektakuläres Lehrstück. Wie wird ein exzentrisch konstruiertes, zu schweres, unstabiles Schiff in die Normalität, in den baulichen Mainstream seiner schwimmenden und kämpfenden Zeitgenossen hineingeholt? Decks werden abrasiert, Geschütze von Bord gegeben, Masten gekappt, der Panzergürtel ist nun da, wo er sein soll. Die neue *Hoche* hat dann, bei der zweiten Indienststellung 1901, einiges von ihrer Exzentrizität verloren und sieht normaler aus – so weit ein französisches Panzerschiff jener Epoche das kann. Das hilft nichts. Die *Hoche* wird 1913 als Übungsziel für ihre Panzerschiffsschwestern vor Marseille versenkt, wahrscheinlich nahe ihrem Opfer von 1892.

Huascar 1865

Schiffsschicksale: ein bemerkenswert anthropomorpher Begriff. Tragisches, unausweichliches Geschehen, verweisend auf den *gräßlichen Fatalismus der Geschichte.* Ihm unterliegen wohl auch Schiffe, nicht nur Seehelden. Die meisten Schiffsindividuen sind unspektakulär normal, kein Tragödienstoff, es sind Arbeitsschiffe. Manche kommen der fatalen Tragödie aber schon näher: Sie sind unfallträchtig, interessant unter viktimologischen Gesichtspunkten, es passiert ihnen ständig was, oder sie sind die unschuldigen Schurken. Manche sind schwarze Schafe der Familie, wie das Torpedoboot einer Flottille, das sich immer wieder daneben benimmt, rammt, brennt, havariert. Auf manche richtet sich der Punktscheinwerfer der historischen Aufmerksamkeit, obwohl sie nichts dafür können. Manche führen ein abenteuerliches Leben voll höchst unerwarteter Wendungen und staunenerregender Ereignisse, wie das kaiserliche Kanonenboot *Panther*, das erst ein haitianisches Kriegsschiff samt seinem britischen Admiral versenkt, bevor es ins Scheinwerferlicht der Großen Geschichte tritt. Welchem Schiffsschicksal wäre wohl die Krone anzubieten? Ein würdiger Kandidat scheint ein peruanisches Turmrammschiff, das heute seine verlängerte Seneszenz an einem chilenischen Pier verlebt, mitunter etwas irritiert von dem einen oder anderen Taifun.

Die *Huascar* war ein Akteur in den wirren südamerikanischen Kriegen, Kämpfen, Aufständen, Rebellionen, von denen wir heute genau so wenig wissen – wissen wollen – wie von den Opiumkriegen und den elf Afghanistankonflikten. Gebaut 1865 von der schottischen *Laird*-Werft für Peru, geriet sie in eine Meuterei, kämpfte gegen zwei britische Schraubenkorvetten, wobei diese Werkzeuge der *pax Britannica* keine überragende Figur abgaben, und versenkte durch Rammstoß die chilenische *Esmeralda*.

Hier nun kam es zu einer epochenverschleppenden Episode um einen Seehelden. Entern: Ist das nicht ein wunderbar anachronistisches Wort, Bilder von säbelschwingenden Mannschaften hervorrufend, von Offizieren mit Dreispitzen, von spanischen Galeonen und Piratenüberfällen? Nun, Artur Prat, Kapitän der sinkenden *Esmeralda*, entert tatsächlich das peruanische Schiff, steht dann aber, vermutlich ratlos, auf dem glatten Deck vor dem sechszölligen Eisenpanzer von Turm und Brücke, bevor ihn und seine paar Leute eine Shrapnellsalve vom Deck fegt. Er fällt erwartungsgemäß als Held: die tödliche Konfrontation zweier Epochen. Der Sieger, Admiral Miguel Grau, stirbt dann ein paar Monate später epochengerecht durch einen Granattreffer, als die *Huascar* von fünf chilenischen Schiffen zerschossen und erbeutet wird. Daß später noch ein dritter Kommandant, ein chilenischer wiederum, an Bord fällt, paßt zur historischen Schiffstragik.

Nach unbedeutenden Ereignissen wie einer Kesselexplosion und Kämpfen gegen Aufständische ist die *Huascar* schon seit 1915 ein patriotisches Denkmal – für Chile, aber auch für Peru. Prat und Grau sind Seehelden, briefmarkenwürdig, denkmalgefeiert, verfilmt: Schulbuchstoff in beiden Staaten. Jeweils Debatten, Konflikte, Interpellationen, parlamentarische Entschlüsse, Forderungen – Verbleib in Chile? Rückgabe an Peru? Wessen Erinnerungen sind eher gültig? Besser versenken als Konfliktlösung? Den Tsunami von 2010, der das Panzerschiff weit ins Landesinnere spülte, scheint die *Huascar* jedenfalls recht gut überstanden zu haben.

Hulk 1918

Banal: Schiffe sind Transportmittel, für Güter, Waffen, Menschen. *...ein Schiff ist nicht nur für den Hafen da / es muß hinaus, hinaus auf Hohe See*, sang Gustav Gründgens. Nun, manche müssen nicht. Jeder Hafen, der auf sich hält, hat Wohnschiffe, Depotrümpfe, Lagerboote, abgerüstete Fahrzeuge: Schiffe am Ende ihrer Erdenzeit, die kaum je ihre Liegeplätze verlassen. Selten sind das nun würdevolle Pensionsphasen, wie sie etwa Museumsschiffen vergönnt sind, Ikonen ihrer selbst, Denkmale früherer Verwendungsformen, zu edlen Mumien ihrer alten Funktionen geworden. Hulk: das englische Lehnwort, steht eher für Vernachlässigung, Rost, *shantytown*-artige Aufbauten auf verdreckenden Decks. Immobilisierten Schiffen geht es selten gut, auch nicht ihren Besatzungen – solchen im geschlossenen Suezkanal nach dem Sechstagekrieg; solchen auf den imposanten Flotten der Großkampfschiffe im Großen Krieg. Das waren in den Häfen verrottende und ihre Matrosen demoralisierende *fleets in being*, Flotten in Wartestellung, Drohpotentiale, Degen, die nie gezogen wurden, Brutnester von Revolten.

Dagegen Schiffe, wenn sie fahren, *hinaus auf Hohe See*: Selbst die banalst-häßlichen Lastkraftwagen der Meere, die Containerfrachter, haben immer noch etwas von einer selbstbeweglichen Skulptur, wenn sich die Hecksee schön wölbt, wenn die Rumpfmasse sich an den Kai zu schmiegen beginnt. Dennoch: Preisen wir auch die Hulks, *immobilis in mobili*, vor ihrem Abwracken, und denken wir an die vielen Wracks auf den Riffen, und an die finalen Immobilisierungen unten, tief unten am Seeboden, in *Davy Jones' Locker*.

I-180 1938

Vergegenwärtigen wir uns die Atmosphäre im Dezember 1938. Der Höhepunkt der schlimmsten Exzesse war schon vorbei, manche Liquidatoren der Kulaken und der vielen Hilflosen waren selbst liquidiert; *Genosse Mauser* sprach immer noch, in der *Lubjanka*, in Leningrads *Bolschoi Dom*, in jeder Provinzstadt. Und zugleich läuft das harsche, hektische Voranstoßen des roten Imperiums in Technik, Landschaft und Landwirtschaft. Nicht mehr Weltrevolutionsillusionen, sondern beschleunigter *Sozialismus in einem Land*: Elektrifizierung, Stromnetze, Riesenstaudämme, umgedrehte Flüsse: *so, wie die Erde ist, muß sie nicht bleiben / Sie anzutreiben, / Forscht, bis ihr wißt*. Helden der Arbeit und der Wissenschaft, neue s*ozgorods*, sozialistische Musterstädte, Magnitogorsk, Dnjeprostroi, Hochöfen vor Wohnblocks. Riesenaeroplane mit Kinos an Bord, Rekordflüge, Höchstleistungsflugzeuge, dazu der neue Heldentypus des Piloten: kantiges Kinn, Grenzen überschreitend, technisch grundierter Mut, höchste Selbstdisziplin, Vorbild für die *Komsomoletz*-Jugend in der *Schlacht gegen das Primitive*.

In dieser Atmosphäre flog Waleri Schkalow, ein *Roter Falke* Stalins. Flog ohne Freigabe, ein *Stachanow* der Luft, Fünfjahresplanerfüllung in vier Jahren, Planübererfüllung um werweißwieviel Prozent. Begierig, den neuen Typ *Polikarpow I-180* in die Serienfertigung zu bekommen; verkürzte Erprobungszeiten durch harten, selbstlosen Einsatz, sicher beherrschbar von einer *sozialistischen Persönlichkeit*. Ziel: Abnahme des Hochleistungsjägers nach drei statt fünf Wochen. Was solls, daß der Prototyp noch nicht recht fertig war, das Höhenruder unbalanciert, noch ohne Kühlklappen. Warum nicht trotzdem die Höhe überschreiten, die der übervorsichtige Konstrukteur festgelegt hat? Im Landeanflug verliert der Motor Leistung: es ist die Kühlung. Nach dem Crash lebt Schkalow noch zwei Stunden.

Danach ging insgesamt doch alles ganz gut aus. Kein unerledigter Fall. Keine Sabotage, keine *Subversanten* und Schädlinge, die man gern gefunden hätte. Das Projekt I-180 wurde eingestellt. Sogar der Konstrukteur Polikarpow überlebte; kein Schauprozeß, kein Genickschuß. Die Urne Schkalows, *Held der Sowjetunion*, steht, auch nach Säuberungen, Systemwechseln und Kriegen, immer noch in der Kremlmauer.

Kaiser Max 1862

Die Bürokratie des Reichsrates der zweitschwächsten der Großmächte, die uns so wunderbare Formeln wie *vorläufig definitive Entscheidung* oder *unbedingt verpflichtender Vorschlag* geschenkt hat, ist notorisch geldknapp, auch daher wenig zugetan den ständigen Forderungen nach diesen neumodischen Panzerschiffen. Ein Sectionsrat ersinnt eine Lösung: man überläßt einen alten Schiffsveteranen der sowieso unausgelasteten Werft *Stabilimento Tecnico Triestino* zur Reparatur. Kurze Zeit, also vier Jahre, später, läuft ein neuer *Kaiser Max* vom Stapel, mit ein paar Ausrüstungsgegenständen und Teilen des Veteranen, aus Budgetgründen als bloßer Umbau deklariert. Das war keine Aushebelung der Reichsratsentscheidung, vielmehr ihr kluges Umschwänzeln, die Irrealisierung einer Weisung. Nein, ich mache mich nicht lustig.

Ein doch recht respektables Panzerschiff war entstanden aus dem Korpus des hölzernen Schiffes, höchstens etwas gehemmt durch die schwache Dampfmaschine, die leider! aus dem alten *Kaiser Max* übernommen werden mußte. Aber wann ist ein Schiff ein neues Schiff? Ist es eine Zombifizierung? Es ist wohl nicht eigentlich eine Wiederauferstehung, als vielmehr eine Transfiguration, eine ideelle Materietranslation, also etwas, das es nur in der ironischen Science Fiction der Brüder *Akadi* und *Boris Strugatzki* gibt – oder nur in der Magie; und da bin ich mir nicht sicher. Das alles wirft tiefe Fragen auf. Es wären nun Erwägungen vorzunehmen über Materie und Substanz, Begriff und Namen, Idee und Materialität, aber das lassen wir besser – *bleiben wir an der Oberfläche*, auch so eine nützliche Bürokratiemaxime der Doppelmonarchie, ein Grundsatz, der das Leben erleichtert. Beschreiben könnte man es nämlich auch simpler mit dem berühmten ewigen Messer, dessen Klinge alle paar Jahre erneuert wird, und der Griff ebenso.

Nur war das Messer aber nicht ewig. So, wie selbst ein gutes Kohlenstoffstahlmesser irgendwann zum Gebrauch im Garten relegiert wird und dort wegrostet, so wurde *Kaiser Max* hinunter gestuft vom Eskadrekreuzer zum Hafenwachtschiff in der Bucht von Cattaro – *Kotor* heute –, eine der üblichen würdelosen Aufbrauchungen alter Schiffe. Vom weiteren Schicksal, dann, nach 1918, in der jugoslavischen Marine, wissen wir gar nichts.

Kriegsdrachen 1899

Welche Seitenpfade der Technik sind es wert, genauer angeschaut zu werden? Welche sind wichtig? Welche können abgetan werden als Schnurren, Anekdoten, Kurioses? Verästelungen und halbtote Zweige des technischen Evoutionsbaumes scheinen selten die Aufmerksamkeit ernsthafter Historiker angezogen zu haben; eher schon sind es eindeutige Mißerfolge. Eine schöne Grauzone ist, schauen wir genauer hin, das merkwürdige Aufblühen des Interesses an Drachen kurz vor 1900.

Da war Captain Baden-Powell, Gründer der *Boy Scouts*, der Pfadfinder im Burenkrieg: er koppelte große Drachen zusammen und hob einen Jungen in einem Korb 100 Fuß in die Luft. Als der Wind ausblieb, zog ein Pferd seinen *man-lifter*. Da war Lawrence Hargrave, ein systematisch, durchaus wissenschaftlich vorgehender Erfinder, der modulare Dreiecksdrachen entwarf, anpaßbar an Windstärke und Personengewicht. Und schließlich Cody, Wildwest-Showman und Pferdeakrobat. Er verbesserte Hargraves *lifting system,* verdiente mit öffentlichen Drachenaufstiegsshows, und vermochte schließlich sogar die Royal Navy zu interessieren, die seine *war kites*, Kriegsdrachen, auf Schiffen als Späh- und Beobachtungsmittel einführte. Marconis Antenne für die erste transatlantische Funkübertragung war das Kabel eines Hargrave-Drachens.

Jeder der drei war auch Pionier der Aeronautik. Baden-Powell baute Gleitflugzeuge, ebenso wie Hargrave, und der Showman Cody flog als erster mit seinem selbstgebauten Apparat auf der Insel, und wurde dann das erste britische *Opfer auf dem Altar des aeonautischen Fortschritts.*

In der Drachenkultur beobachten wir den typischen Komplex aus technischer Kreativität, persönlicher Obsession, Show, Sport, Exzentrik, Militär, Spiel und Gefahr. Es ist also doch recht bedauerlich, daß *man-lifting-kites* bloß als Durchgangsstadium zum Eigentlichen, als schnurriger Seitenweg zur Lösung des Großen Problems, dem motorisierten Menschenflug, abgetan werden.

Kurita 1944

Als sein Flaggschiff torpediert wurde, schwamm er zu einem Begleitzerstörer: einer unter den 53 Prozent Überlebenden. Transportiert zum Schlachtschiff *Yamato*, fiebrig, erschüttert, erlebte er kurz darauf einen schweren Luftangriff, zwei Bombeneinschläge, Nahtreffer am Panzerkommandoturm, das nervenzerfetzende Dauerbellen von sechzig Rohren der Flugabwehr. Daß er dann wohl falsch handelte in dieser verworrenen, komplexen Schlacht bei den Philippinen, deren genauer Verlauf hier nicht interessiert, ist unstrittig; aber falsch handelte wohl auch der gegnerische Admiral, der, so weit wir wissen, amerikanisch-robust gesund war, und typischerweise *Bull* genannt wurde. Der Japaner habe versäumt, geordnet in Formation anzugreifen. Nun kennen wir Beispiele, wo dies falsch war, wo das *Rangieren* einer Schiffsformation letal ausging. Für die Scheinpräzision der Lehnstuhlmariner reicht das wohl.

Nein, wir müssen ein Seegefecht als System von Unklarheiten beschreiben. Oft genug wissen nicht einmal wir, die Nachgeborenen, was genau passierte. Und dann: Maßnahmen des Admirals, die hinterher als falsch erkannt werden, aber währenddessen hoch plausibel scheinen, von Signaloffizieren mißinterpretiert und falsch umgesetzt; auf Nichtwissen beruhendes Handeln; halbbewußte Absichten; Unsicherheiten auf allen Feldern; die Regeln des Seekrieges von lächerlicher Irrelevanz; realer und metaphorischer Nebel – Kontingenzen, immer wieder Kontingenzen. *Die größten Begebenheiten ereignen sich ohne alle Absicht; der Zufall macht Fehler gut, und erweitert das klügst angelegte Unternehmen. Die großen Begebenheiten in der Welt werden nicht gemacht, sondern finden sich.* Wir können da, wo das Leben konkret zu sein scheint, Arithmetik von Siegen und Niederlagen betreiben, Totenzahlen und Schiffsuntergänge aufrechnen, aber was darunter liegt, bedarf doch eigentlich einer neuen Systematik: einer Matrix des Scheiterns, der Inkompetenzen, des Nichtüberblickens, der Friktionen, des Nichtwissens, und, ja, der Zufälle. Ist das Geschichte?

Der Admiral wurde natürlich abgesetzt, dann zum Leiter der Marineakademie bestimmt, um ihn aus der Schußlinie von Attentätern zu nehmen, die, typisch in seiner Kultur, wenig Toleranz fürs Scheitern, egal in welcher Matrix, aufbrachten. Als Geschichtsschreiber der Sieger Admiral Takeo Kurita später, nach dem Krieg, befragen wollten, trafen sie ihn in seinem Moosgarten an. Über seinen historischen Moment wollte er nicht sprechen.

Leonardo da Vinci 1915

Manche unbedeutende Personen, Normalverbraucher und -denker, Alltagsmenschen, werden plötzlich berühmt, wenn sie spektakuläre

Rettungen und medizinische Maßnahmen erleben und überleben: Herztransplantationen, Befreiungen nach Bergwerksunglücken, Einstürzen. Auch Schiffe können einem solchen Berühmtheitsmuster entsprechen.

Als das italienische Schlachtschiff *Leonardo da Vinci* im Hafen von Taranto, im September 1915, nach einer Explosion sank, hatte es die friedliche, unspektakuläre Existenz der meisten dieser alten Schlachtschiffe hinter sich. Das vorläufige Ende war nun nicht unspektakulär: War es Selbstentzündung bei der Übernahme von sowieso gefährlich instabilen Pulverkartuschen an einem recht warmen Tag? Waren es österreich-ungarische Saboteure, angeleitet und bezahlt vom notorischen k.u.k. Generalkonsul im neutralen Zürich, Rache für den treulosen Seitenwechsel Italiens? Egal, welche Version wir wählen: Die Geschichte beginnt erst mit dem Versuch, den gekenterten und gesunkenen Riesen zu bergen. Langwierigste Taucherarbeiten, um Kohle, Geschütze und Munition zu bergen, begannen; das Schiff mußte aufwendig erleichtert werden, weil das Reparaturdock zu flach war. Schwimmbagger gruben einen Kanal dorthin aus. Holzgestelle aus Hunderten Balken stabilisierten das Wrack. Problem folgte auf Problem; die Lösungen waren aufwendig, verzögerungsanfällig und teuer. Als der immer weiter abgemagerte Rumpf schließlich, nach dem Einbau von Schotten und Luftkammern, aufgerichtet wurde, nach zwei Jahren Arbeit, stellte sich heraus, daß der Gegner, die Doppelmonarchie, gerade auseinander brach. Niemand in Italien brauchte nach Kriegsende ein weiteres Schlachtschiff. Aus der hoffnungsfrohen Idee, das Schiff moderner und schöner und schlagkräftiger wieder aufzubauen, wurde nichts. Die *Leonardo da Vinci* wurde, wie Hunderte anderer überzähliger Einheiten, unspektakulär abgewrackt. Ernst Jüngers Satz *travail pour le roi de prusse* für vergebliches Tun ist variierbar: *travail pour le roi de Italie* paßt auch.

Liberté 1911

Ekrasit und *Roburit*, *Dynamit* und *Donarit*: Neue Sprengstoffe – rauchlose Pulver – erlebten im letzten Jahrzehnt des 19. Jahrhunderts einen Boom. Bergleute, Anarchisten und Artilleristen benützten freudig das Teufelszeug. Keine gewaltigen Schwarzpulverwolken mehr auf den Landschlachtfeldern: man sah nun, wohin man schoß, und sah kaum, wer schoß.

Auch für Schiffsgeschütze war das eine technische Revolution. Die französische Marine – sehr innovativ, mit den merkwürdigsten Schiffen und den wirrsten Rumpfkonstruktionen – führte eine dieser Mixturen ein, aus Tarngründen genannt *poudre B*. Lange war unklar, dass das neue Pulver nicht stabil blieb, daß es sich zersetzte, gerade bei Wärme, und dann hochgefährlich wurde.

1907: Auf dem Panzerschiff *Iena*, das in Toulon im Trockendock liegt, fliegen mehrere Munitionskammern nacheinander in die Luft, Löschwasser fehlt, ein Nachbarschiff feuert eine Granate ins Tor des Docks, um es zu fluten: vergeblich, das Schiff ist verloren. Vier Jahre später das Gleiche, auch in Toulon: es trifft nun die *Liberté*, aber nicht nur die. Ihr vorderes Panzerdeck, losgerissen, fliegt auf das Schwesterschiff *République*, Trümmer töten Dutzende, Hunderte überall in der französischen Escadre, der *Marsaillaise*, der *Saint Louis*, dem Kreuzer *Léon Gambetta*, dem Panzer *Démocratie*. Die Schiffe mit großen Namen der französischen Aufklärung und Politik wurden zu Opfern einer unbedeutenden Verfehlung: Die Kühlung der Munitionskammern wurde beide Male im Dock abgestellt, um Strom zu sparen, was *poudre B* gar nicht vertrug.

Lo! 1941

Er schaute aufs Genaue, pauste Pläne durch, hobelte konisch, umwickelte Streben mit Zwirndraht zur Verstärkung, balancierte seine Flugmodelle aus, aber so recht stabil mochten sie nicht segeln, in diesen Sommernachmittagen kurz vor dem Großen Krieg. Dagegen der hier, der irgendwas zusammensteckte und mit Packpapier bespannte: Seine Flieger sahen aus *wie nasse Spatzen*, flogen aber über die Isar.

Als der Penible dann tatsächlich flog, im zweiten Kriegsjahr, nachdem er die Motorenzündung, die Mysterien der Einstellungen von Hänge- und Tragkabeln, die Strömungsverläufe an Doppeltragflächen, die Wirkung balancierter Querruderklappen verstanden hatte, als er den Döberitzer Flugkurs als – immerhin! – Vierter absolviert hatte, als er *Luftkutscher* geworden war, und mit dem sich oft verfranzenden *Franz* am Maschinengewehr hinter sich – als er also flog, seine Routinen mit der photographischen Reihenbildapparatur abflog, überlebte er einen Angriff eines britischen *De Havilland*-Gitterschwanzdoppeldeckers, der direkt aus der Sonne kam, nicht. Das Ende im flandrischen Schlamm kam nicht einmal während eines Großkampftages.

Währenddessen – so ein wichtiges Wort für Chronisten, denn: wie umgehen mit Gleichzeitigkeit? – lebte der mit den *nassen Spatzen*, der vom Münchener Aeroclub, schoß Briten ab, wurde selbst abgeschossen, flog weiter mit Maschinen, die er nicht recht verstand, auf die er immer ein weißes LO! malte, nach einer später rasch abgelegten, ihm entwachsenen Freundin, überstand die Himmelskämpfe, *Kreuz wider Kokarde*, flog weiter die Fokkers, Bückers, Junkers, Messerschmitts. Egal, Flugzeuge waren ihm sowieso nur Erweiterungen seines eigenen Körpers, Superprothesen. Dann aber, im nächsten Krieg, ging er elend durch eigene Hand dahin, bis zuletzt lieber fliegend, als sich um die intrikate Technik der Maschinen zu kümmern, oder um die, die sie einsetzten.

Lokomotivtorpedo 1940

Es waren durchaus ungleiche Gegner, die im Oslofjord aufeinander trafen: Hier der neueste Kreuzer der deutschen Kriegsmarine, noch nicht recht *eingefahren*, an Bord die Bürokraten der künftigen Besatzer, ein Admiral, Truppen; auf der anderen Seite die ältliche Inselfestung *Oscarsborg*, der Kommandant in den letzten Wochen vorm Ruhestand, der Batteriechef alt und kränkelnd, die Besatzung: junge Rekruten. Der erste Schuß aus einem der quasi-musealen Geschütze trifft eine Munitionskammer der *Blücher*, dann gleiten zwei Torpedos aus den Unterwasserrohren. Das brennende Schiff sinkt, sechs Monate nach der Indienststellung. Die genaue Zahl der Toten ist nicht bekannt.

Auch die beiden Torpedos waren Veteranen, gefertigt 1906 im damals österreich-ungarischen Fiume, in der Fabrik des britischen pazifistischen *engineers* Robert Whitehead: druckluftgetriebene, selbstbewegliche, selbststeuernde, damals wunderbar epochenverschleppend so genannte *Lokomotivtorpedos*. Sie waren vorher schon zweihundertmal lanciert worden, zur Übung; mit offenbar gutem Lernergebnis.

Obrist Eriksen, der Kommandant, bekommt Schwierigkeiten: er habe nicht, nach Seerecht, zunächst einen *Schuß vor den Bug* gefeuert. Die deutsche Luftwaffe bombardiert stundenlang die Insel, ohne rechte Wirkung. Die Verzögerung der Invasion ermöglicht die Flucht des norwegischen Königs, der den Widerstand aus London organisieren kann.

Loodiana 1910

Für die Überfahrt nach Ceylon handelte die Gruppe der jungen Kongressmitglieder ökonomisch. Man belegte Decksplätze auf einem durchaus unbequemen, aber billigen Auxiliarsegler, betrieben mit sparsamem Aufwand von einer kaum bekannten Reederei, weitest entfernt von den Nordatlantikschiffen, deren Luxus und technische Auslegung die Phantasie mindestens dreier Kontinente stimulierte. Die Loodiana geriet nicht in einen Zyklon, die Monsoonsaison lag sechs Monate in der Zukunft, auch die Aufsichtsbehörden auf Mauritius bemerkten zuvor nichts Auffälliges und wären wohl auch nicht dazu in der Lage gewesen, wenn sie es ernsthaft betrieben hätten. Die britischen Behörden, die, nicht im Blick einer sowieso wenig neugierigen Öffentlichkeit, ein durchaus großes Interesse am Nichtankommen dieser jungen, energischen, tatkräftigen Oppositionsgruppe auf Ceylon hatten, blieben, nach allem, was man weiß, untätig, wobei sowieso nichts in die Akten, diese überschätzten Quellen späterer Aufklärer, hineingefunden hätte. Wir wissen also nichts, gar nichts, über das Verschwinden der kleinen, erbärmlichen Loodiana und ihrer Passagiere, welche wohl, wären sie nicht so sparsam gewesen, für die Zukunft des britisch-indischen Kaiserreichs, so ist zu vermuten, damals schon bedeutsam und hochgefährlich hätten werden können.

LVG 1919

Als deutsche Matrosen und Soldaten in diesem düstren späten Herbst neunzehnhundertachtzehn ihre *insurrektionelle Schwerfälligkeit* zu überwinden schienen; als das, was doch eher eine *Militärrevolte* – so der kluge Rathenau – war als eine Revolution, als Maschinengewehre in eine Menge feuerten, als die Volksmarinedivision den Berliner Hofmarstall besetzt hielt, als Räte gegen Parlamentsdemokraten standen und schossen – Schulbuchstoff dies, von Bedeutung hier nur als Hintergrund für einen Epochenwechsel: den Beginn des zivilen Luftreisens nämlich. Aus Furcht vor den Berliner Räten, vor der deutschen *Roten Armee*, vor Schießereien, tagte nun die Nationalversammlung im zahmen, unrebellischen, deutschklassischen Weimar. Post und Passagiere dorthin besorgte die Deutsche Luftreederei, mit kriegsmüden LVG-Zweisitzern, Maschinen, die zuvor an der weichenden Westfront Artillerie eingeschossen hatten und Photoaufklärung betrieben. Nun flogen Politiker in Biberpelzen und schwerem Leder, so der sozialdemokratische Kriegsminister Noske, ein linkes Organisationsgenie der Antirevolution: *einer mußte der Bluthund sein*. Bald endete schon die angestupfte Zivilverwendung der offenen LVGs. Modernere Luftlimousinen mit geschlossenen Passagierräumen folgten bald, aber wir sollten dieser schäbigen alten Kriegsmaschinen gedenken. Sie stabilisierten die Weimarer Demokratie, fliegend in wirren Zeiten, als die Fragen der Nation mit Parabellums und Feldgeschützen entschieden wurden.

Magdeburg 1914

Wir wurden nicht darauf vorbereitet. Nein, besser: wir haben uns nicht darauf vorbereitet. Als wir in der Messe der Marineschule Mürwik mit dem Champagner des Erbfeindes auf *den Tag* tranken, auf die Abrechnung mit dem *perfiden Albion*, da dachten wir an Sieg in blutiger Schlacht und triumphale Heimkehr in den Heimathafen, vielleicht auch an ehrenvollen Untergang *mit wehender Flagge*.
Es kam dann anders. Schon die Ostsee: eine Zumutung, weitab vom richtigen Schauplatz vor Englands Küste. Und dann dieser Kreuzer.

Auch der strafversetzt, nicht recht gelungen, nie recht gefechtsklar. *Torpedoversuchsschiff:* ha! Übersetzt: unfähig. Seine Turbinen taugten wenig, in den engen Maschinenräumen konnte man nicht arbeiten, die Vibrationen schüttelten den Männern unten in den Kammern die Zähne los. Wir versuchten das Beste draus zu machen. Ein paar schneidige Vorstöße gleich am Anfang, der russische Bär: lächerlich, sowieso keine Seemacht, zurückjagen in den Hafen.

Leider ging es anders aus, in jener unseligen Augustnacht. Aufgelaufen mit fünfzehn Knoten, viel zu schnell für die tückischen estländischen Inselgewässer, der Sand unterm Bug grade mal schwimmbadtief, abbergen unmöglich. Auf Heldentum kam es nun nicht an, sondern auf Effizienz beim Ausbooten der Crew zum Begleittorpedoboot.

Als dann aus dem Morgenseedunst die *Bogatyr* und die *Pallada* auftauchten, blieb keine Zeit zum sorgfältigen Sprengen, bloß ein paar Ladungen unter den miserablen Turbinen. Immerhin ging unser Kaiserliches Signalbuch befehlsgemäß über Bord, bleibeschwert. Und wir, die Offiziere, geübt zwar im Untergehen *mit wehender Flagge*, unvorbereitet aber auf diesen üblen Kladderadatsch, gingen nach Sibirien. In den dreiundvierzig Monaten seitdem sind wir immer wieder in uns gegangen, haben wir uns gequält: Haben wir auch tatsächlich alle Codebücher und die Karten mit den Minenfeldern vernichtet? Es konnte und durfte gar nicht anders sein. Die Wodka-Russen und die Whisky-Gentlemen in London kamen bestimmt nicht dran. Und wenn: die Kameraden in Wilhelmshaven von der Chiffriererei haben sich doch sicher darum gekümmert.

Und nun passiert hier in Sibirien etwas. Unsere Wachen haben seit einem Monat rote Armbinden, keine Abzeichen mehr, sind kaum noch zu sehen, kümmern sich nicht um uns. Eigentlich könnten wir gehen.

Magenta 1875

Schätze am Meeresgrund: Welche Vorstellungen provoziert dies! Kostbare Ladungen im Sandboden, kühne Expeditionen in die Tiefe, Golddoublonen in zerfallenden Piratenschatztruhen – nie ohne Romantik von besessenen Abenteuern und märchenhaften Gewinnen aus Ozeantiefen. Wie üblich, ist die Alltagswirklichkeit banaler und härter. Selten geht es um Schatzsuche, meistens um Bergungen im trüben kalten Hafenwasser, um Wracks zu heben oder zu beseitigen. Schweißen in der Tiefe, Trossen legen, Reparaturen: es ist Arbeitstauchen, mit Luftversorgung von oben, oder autonom mit Preßluftflaschen, oder hochtechnisch für große Tiefen mit Mischgasen und Atemkreislaufgeräten.

Trotzdem: Als die ersten Taucher in ihren *Rüstungen*, mit Kupferhelmen, Bleischuhen und Brustgewichten hinabstiegen in die Tiefe, als dies begann und professionalisiert wurde, so um 1870, entstand eine neue Ikonografie: In Kupferstichen der *Illustrated London News* oder in den Illustrationen zu Jules Vernes *Zwanzigtausend Meilen unterm Meer* wurde der Taucher zu einem neuen Bild des technohumanen Hybriden, zu einer roboterhaften Figur, mit seinem riesigen Helmkopf und dem runden zyklopenhaften Glotzauge. Das paßte zum Matrosenslang: *Davy's Locker*: der Meeresboden als Teufelsschrank.

In unserer Zeit der Seitensicht-Sonargeräte, der hochauflösenden dreidimensionalen Echolote und der Tauchroboter bleibt kaum mehr ein Wrack ungefunden und seine Geheimnisse ungeborgen. Wir müssen nicht einmal von der *Titanic* reden oder von mythischen Galeonen des karibischen Inselmeeres; denken wir auch an den kleinen Küstenfrachter *Wallachia*, gesunken 1895, aus deren Bierladung eine interessante historische Hefeart gewonnen wurde. Oder an das Panzerschiff *Magenta*, das 1875 in die Luft geflogen war – wieder mal ein französisches Kriegsschiff! –, beladen mit ausgegrabenen karthagischen Plastiken und Grabstelen. Nun gab es eine zweite Bergung, 1994, mit modernster Tauchtechnik und dem Instrumentarium der Meeresarchäologie. Die hochgetauchten phönizischen Schätze der *Magenta* sind nun im Louvre, so etwa die schöne Stele mit der Exponatnummer AO 23073.

Masut 2024

Gebührt denen ein Denkmal, die dafür gearbeitet haben, daß die Himmel über den Meerstraßen blau wurden? Das weltumspannende System der neunzigtausend Frachtschiffe, die tiefgefrorenes Frackinggas transportieren, Stahlblechrollen, tonnenschwere Fahrzeuge, und vor allem die bunten Vierzigfußkisten, hochgetürmt bis in zwanzig Lagen über dem Kiel – diese LKWs der Meere durften in ihren Großdieseln kein Masut mehr verbrennen, die zähen, schwarzen, dreckigen, hingegen sehr billigen Raffineriereste. Die Abgasfahnen verschwanden. Der Himmel über den Wasserstraßen wurde klar; zu klar, denn im neuen Treiböl fehlten nun die Schwefelmoleküle des Masut, als Kerne für die Entstehung von Wassertröpfchen. Demzufolge gab es weniger Wolken; und die Temperatur über dem Meer machte einen Sprung, irritierend und Prognosemodelle verunklärend.

Nun: Unbeabsichtigte Konsequenzen von Handlungen innerhalb komplexer und komplizierter Geflechte sind der Kern von morallosen Lehrgeschichten. Hier bekommen wir vor Augen geführt, daß wir viel zu wenig wissen über Wolken, wie sie entstehen und verschwinden, unser Klima und unsere Welt beeinflussen, und unsere Szenarien. Aber wir können sie bewundern, die blendendweißen Cumuli über den Meeren, die aufragenden Cumulonimbuswände vor dem Sturm, die streifigen körperlosen Cirren, die drückenden Nimbostratusschichten.

Maximilian 1867

Eine westliche Großmacht interveniert auf einem anderen Kontinent, verbündet mit einem lokal ungewünschten Regime; es gibt indigene Aufständische, die Zeit arbeitet für sie; die Interventionisten betreiben ihr Engagement nur noch halbherzig; die Umstände ändern sich. Schließlich übernehmen die Aufständischen. Es gibt multiple Rückzüge, Ehrloses, unbegründete Hoffnungen, Fluchten von Getreuen, Triumphe, Exekutionen. Wer bei dieser Geschichte an ein Geschehen im ersten Viertel des einundzwanzigsten Jahrhunderts denkt, liegt natürlich nicht falsch, aber wir reden hier über die französische Militärintervention in Mexiko zur Zeit des amerikanischen Sezessionskrieges, während der der unglückliche Erzherzog Ferdinand Max, Bruder des anders unglücklichen Kaisers Franz Joseph, sich zum Kaiser von Mexiko einsetzen ließ. Die nordamerikanische Union hatte damals, 1864, im *war between the states*, Anderes zu tun als ihr Augenmerk auf das fatale Geschehen bei ihrem südlichen Nachbarn zu richten. Das änderte sich mit der Kapitulation der Konföderirten, worauf der französische Kaiser, der dritte Napoleon, seine Truppen zurückzog und den Habsburger, der mehr an seine Schiffskajüte im Schloß und seinen Park an der Adria dachte als an Belagerungen, Ausfälle und Nachschuborganisation, seinem Schicksal überließ, das dann schließlich in der Exekution von Queretaro vollzogen wurde.

Mit der Überführung der Leiche zu seinem geliebten Park und Schloß Miramare bei Triest und der Verbringung des Sarkophags in die Wiener Kapuzinergruft, endete die Geschichte aber nicht. Denn auch nach dem Zusammenbruch der französisch-habsburgischen Interventionsmission kämpfte ein österreichisches Freiwilligenkorps, zunächst autonom, dann unter dem bald zurückgezogenen kaiserlich-französischen Kommando, auf Seiten einer nicht viel später gleichfalls zusammenbrechenden mexikanischen Nationalarmee. Der Rest, *Colorados* unter einem österreichischen, inzwischen kakanischen Obristen Khevenhueller, alten Geschlechts, war nicht viel besser ausgerüstet als die Freischärler, aber durchaus ähnlich motiviert. Darüber, über die Empfindungen und Haltungen der österreichischen Freischärler, wissen wir wenig. Vieles scheint gefiltert durch Karl Mays Kolportageroman *Waldröslein;* Manets *Tod des Maximilian,* selbst eine Anklage gegen den französischen Verrat; und wir kennen ein paar wenige, wie üblich unzuverlässige, Erinnerungsgeschichten Überlebender und Repatriierter. Das alles ist, wieder einmal, Schaum auf der Welle der Geschichte, über den Meerestiefen von gescheiterten Interventionen, bestraften Ambitionen und verfehlten Eingriffen europäischer Herrscher in durchaus fremden Welten.

Meergold 1923

Der logarithmische Rechenstab, oder Rechenschieber, war das nützlichste Rechengerät vor der Digitalrevolution, von Ingenieuren gern, wie Robert Musil bemerkte, wie ein *harter Strich über dem Herzen* getragen, um auch die Fehlergrenzen großer Gefühle berechnen zu können. Ein Nachteil des kleinen Wundergeräts war, daß die Dimensionen der Rechenoperationen abgeschätzt werden mußten, was offenbar auch für Exzellenzwissenschaftler nicht einfach war; so auch für Fritz Haber, der 1918 zum deutschen Nobelpreisträger für Chemie wurde, unplausiblerweise. Dieser jüdische deutsche Patriot, Entwickler der Gaskampfmittel für den Sieg des Reiches, litt nicht nur unter der deutschen Niederlage, sondern noch mehr unter der Bürde der draufgesattelten Reparationen, die sein Vaterland belasteten.

Als Ausweg daraus projektierte er die größtmaßstäbliche Gewinnung von Gold aus dem Meerwasser, das zwar, wie bekannt, nur Spuren enthält, welche aber nun doch mit modernsten Methoden der chemischen Technik zu gewinnen sein müßten. Als bereits über sechs Jahre hinweg ein beträchtlicher Aufwand in das Unternehmen hineingesteckt worden war, wurde zuerst seinen Mitarbeitern, schließlich auch dem eminenten Wissenschaftler klar, daß die Goldspuren im Wasser um mehrere Stellen rechts vom Komma überschätzt worden waren. Daß die Rechenstäbe, wie bekannt, die richtigen Zahlen, die Bediener aber die falschen Dimensionen geliefert hatten, war aber nur eine Facette. Eine andere war, daß die Nachweismethoden für außerordentlich kleine Spuren von Elementen im Meerwasser sowieso nicht ausreichend genau gewesen waren.

Miss England II 1930

Ein Tisch mit einer Stola aus rotem Brokat, eine Bank mit Kniekissen davor, darauf Kelch und Kerzen, flankiert von zwei Monstranzen, in der Mitte ein verbogenes, zerdrücktes Aluminiumsteuerrad: das, so informiert eine Tafel, *Relikt einer Religion des Mutes*.

Der Märtyrer, der hier verehrt wird mit einer Reliquie und einem säkular-katholischen Seitenaltar, ist der Jagdflieger, Rennfahrer und Weltrekord-Motorbootpilot Sir Henry Segrave. Sein Boot, *Miss England II*, galt als *das schönste Boot seiner Epoche, ein weißes Gespenst, die Gischtflügel spreitend, mit donnernden Motoren, ein Ding von Schönheit, Symmetrie und perfekter Grazie*. Das *weiße Gespenst* überschlug sich am Freitag, dem 13. Juni 1930 auf dem Lake

Windermere, kurz nach einem erfolgreichen Angriff auf den Rekord zu Wasser. Er wurde mit 158,94 km/h posthum anerkannt. Das Steuerrad hatte beim Unfall Segraves Lunge zerdrückt.

Der Ort ist, manche werden es erraten oder argwöhnen, ist *Vittoriale della Italiani*, Villa und Park Gabriele d'Annunzios, über dem Gardasee, ein Ort der Inszenierung von Irritationen, des Nichterwarteten, der überwältigenden Dekadenzräume voll Spiegeln und Tausenden merkwürdiger Gegenstände. Im Park der Kreuzer *Puglia*, dessen Stahlbug unversehens in einen granitenen Rumpf übergeht, ein Schiff, ins Architektonische hineinwachsend; ein skulpturartig überhöhtes Torpedoschnellboot unter einem dekadenten Kristalleuchter; ein SVA-Doppeldecker als Denkmal in einer Art Kapelle; Räume für willkommene und unwillkommene Besucher mit Spiegeln, Masken, Waffen, mit seitenaltarähnlichen *fin de siecle*-Nischen, mit Dingen der eigenen kultischen Überhöhung.

Darf er das? Darf d'Annunzio Technisches so behandeln, die Reliquie eines toten Rekordbootpiloten ausstellen und ihn zum Opferlamm der Technikromantik poetisch erheben? Darf er heiligen, was wir da sehen, was uns gerade verwirrt? Technik: ist das nicht etwas Kühles, Lebloses, fundamental Vernünftiges – und dann so etwas? Wie ernst meinte der italienische Poet, Pilot, Soldat, pathetische Politiker, Liebhaber, *Fascist* das? Was bedeutete wohl dieses Kreismausoleum für seinen eigenen Sarkophag in der Mitte und die zwölf! Freundesgräber im Rund – wobei das dann doch nur vier Bestattungen wurden? Es riecht dort oben über dem Gardasee nach Benzin und Weihrauch, auch nach dem Schwefel Satanas für manche, in diesem Ort politreligiöser Provokationen, des *fascistischen Kitsch*, der schwülen, poetisch-technischen späten Neoromantik.

Und doch funktionieren die Mechanismen von Abwehr, Abtun, Ausblenden nicht so recht, denn *Vittoriale* erzeugt bei Besuchern durchwegs Widersprüchliches: Faszination, Unbehagen, Abwehr, Unglauben, Wut auch; man möchte hinschauen, und doch nicht, wie bei einem Unfall. Die Provokation wirkt, gerade auch durch das Zusammenzeigen, Zusammenzwingen von Unpassendem, wie das tödliche Lenkrad Segraves mit liturgischen Geräten: ein poetisches Verwirr- und Nichtverstehspiel.

Schönheit als *zufälliges Zusammentreffen einer Nähmaschine und eines Regenschirms auf einem Seziertisch* – dieser Satz des Dichters Lautréamont war ein Lieblingszitat der Surrealisten. Trifft das auf d'Annunzios Gesamtkunstwerk zu? Die Wucht der Provokation ist im Kunstraum von *Vittoriale* ganz anders, mächtiger wahrscheinlich als jede weiche Uhr Dalis und jeder Pissoirbrunnen Duchamps'. Und die Wirkung ist anhaltend, während die Werke der nicht bloß ästhetisch revolutionären Surrealisten und Dadaisten längst hineingerutscht sind ins bequem Bürgerliche.

Monmouth 1915

Der britische Panzerkreuzer *Monmouth*, Monster einer schon 1914 veraltet scheinenden Epoche, wurde im Hafen in Reserve gehalten, als fast, aber noch nicht ganz nutzlose Kampfmaschine, in Erwartung des *Großen Kladderadatsch*. Ihre empfindliche Dreifachexpansionsdampfmaschine mit den komplizierten und schwierig zu verstehenden Hilfsaggregaten hielt eine sogenannte Skelettcrew einigermaßen in Ordnung, deren Leiter ein älterer, pedantischer, schottischer Ingenieur-Commander war, dem nun die Maschinerie, die er tief verstand, sehr ans, wie man sagt, Herz gewachsen war. Nach Jahren dieser wohl zufriedenen, wenngleich beschränkten Existenz wurde HMS *Monmouth* ausgemottet, um ihre Pflichten in der überdehnten Marine der Insel gegen die deutsche *Parvenüflotte* zu erfüllen. Der pedantische Commander tat widerwillig mit, anfangs; wurde bald nicht nur eingebildet krank, und ging mit dem alten Schiff nicht mehr in See. Bei der entscheidenden Auseinandersetzung im Südatlantik, deren Geschichte und Vorgeschichte hier nicht interessiert, lieferte die Maschine, nun inkompetent betreut durch einen jüngeren Ingenieursoffizier, Absolvent einer der neuen Technischen Hochschulen, nur mehr eine Leistung für zwölf Knoten, deutlich zu wenig für die Fürchtenichts-Schiffe der kaiserlichen Gegner. Daß der Panzerkreuzer versenkt wurde, entspricht dem gräßlichen Fatalismus der Geschichte; wohingegen der alte Ingenieur-Commander, wohl vorbereitet auf seinen Lebensabend an der cornischen Südküste, bald an der Influenza verstarb und seinen jüngeren Kameraden nur um wenige Monate überlebte.

Multiplace de combat 1940

Die Reaktionen auf das Unerhörte, schwer Faßbare, jede einfache Einordnung lächerlich machende Geschehen des Großen Krieges waren vielfältig und widersprüchlich, zumal die des nominalen Siegers Frankreich, der wohl ziemlich knapp am großen *débacle* vorbeigeschrammt war. Aus dem *on ne passeront pas* des Verdun-Dramas folgte die Maginotlinie; die Versorgung durch Lastkraftwagen auf der *voie sacrée* gebar die Heeresmotorisierung; und aus der, nun ja, gemischten Bilanz des Luftkrieges entstand das *multiplace de combat*, auch genannt *avion a'tout faire* – das Universalflugzeug. Die so unterschiedlichen Flugzeugarten für die Aufgaben in den Schlachtfeldhimmeln – Aufklärung, Beobachtung für die Artillerie, Bombardierungen und Jagd auf gegnerische Maschinen –, sollten zusammengedacht, zusammengefaßt, die vielen, produktionsmäßig und organisatorisch zersplitterten Einzeltypen zu einem einzigen Typ werden.

Das war rational, bestechend. Ein Maschinentypus, der Beobachter, Bomber und schwerer Jäger zugleich war, mehrmotorig, mit schwerer Abwehrbewaffnung, in Schwärmen sich gegenseitig schützend, mit einer hochprofessionellen Besatzung: das war ein Konzept, welches nicht nur schwer widerlegbar war, sondern auch eine sonderbar ästhetisch befriedigende Argumentationsreinheit hatte. Niemand im Luftfahrtministerium konnte vernünftig widersprechen.

Es war insbesondere eine Aversion gegen kleine, leichte Jagdflugzeuge. Vorbei sollte es sein mit dem zirkushaft unerwachsenen Umeinanderherkreisen und Stürzen, dem torerohaft geckigen Ausweichen vor den Leuchtspurmunitionsgarben der tackernden Maschinengewehre, wohingegen das mehrmotorige Kampfflugzeug planhaft sicher seine Bahn ziehen und die kleinen Jagdeinsitzer abwehren würde wie einen Schwarm lästiger, aber letztlich ungefährlicher Schadinsekten. Von den Ideen der Militärintellektuellen beeindruckt, rüsteten auch die deutschen und königlich-britischen Luftwaffen mit schweren Jägern und hybriden Universalflugzeugen auf.

Bestechende Konzepte, sich in tonnenschweren Hochtechnologiemaschinen materialisierend, müssen sich nun aber dem ultimativen Praxistest stellen, dem einzigen, der eine Beurteilung über Leistung und Erfolg zu erlauben vermag. In Wracks auf elsässischen Flugfeldern, Trümmern über den Ardennen, toten Besatzungen an der Maas, und Hundertprozent-Verlustquoten endete 1940 die Illusion des universellen *multiplace de combat.*

Nautilus 1958

Respekt, Staunen, vielleicht sogar Ehrfurcht oder Entsetzen: das können komplexe technische Systeme, besonders solche des Militärs, auslösen. Wir stehen vor einem nuklearbetriebenen Flugzeugträger:

vier Kernreaktoren, Besatzung fünftausend, hundert Flugzeuge, viele davon mit mehreren Kernwaffen. Oder die *doomsday machines* unter Wasser, die raketenbestückten Angriffs-Uboote, dutzende Interkontinentalraketen, ausgerüstet mit Mehrfachsprengköpfen, globale Reichweite, selbst unter dem Nordpoleis. Eine davon war die *Nautilus*, die, benannt nach Jules Vernes Schiff des Kapitän Nemo, 1958 als erste unter Wasser zum Nordpol reiste.

Technische Supersysteme wie die Nautilus zu warten, pflegen, reparieren, mit ihren normalen Havarien und normalen Unfällen umzugehen, erfordert Spezialisten, Wissen, Reparaturtechniken, an Bord und in Werften – ein eigenes, komplexes und durchorchestriertes Risikomanagement. Wenn etwas schief geht, kommt in der Technik, wie in der Medizin, ein maschinenunterstützter Dreischritt von Symptomerhebung, Diagnose und Therapie zum Einsatz.

Als auf der Reise zum Nordpol im Kondensatorkreislauf des Atomreaktors ein kleines Leck auftrat, standen die Bordingenieure vor einem Rätsel, wie Ärzte bei einer nicht recht diagnostizierbaren, unklaren Gesundheitsstörung. Und so, wie die Medizin Elemente von Kunstpraxis hat, so, wie Ursachen und Wirkungen im Körper manchmal schwach verknüpft sind, so, wie Unspezifisches, Placebos und Laienhaftes durchaus Therapieerfolg haben können, ging es nun auf der Nautilus zu. Der Kapitän schneidet Debatten, Diagnoseversuche und Rätselraten seiner Ingenieuroffiziere ab, legt in Seattle an und läßt im nächsten Autozubehörladen den Vorrat an Kühlerdichtungsmittel aufkaufen: das Mittel der Wahl von Besitzern alter Autos mit wenig Geld für richtige Werkstattreparaturen. Ein paar Liter des Leckdichtungszeugs – uns Autobastlern bekannt als *Kühleraspirin* – in den Kondensatorkreislauf gekippt, helfen sofort. Das hält an, bei der Nordpolfahrt, und bis zum Ende des Einsatzlebens fünfzehn Jahre später. Wahrscheinlich ist das Mittel heute noch drin, wenn wir die *Nautilus* im Museum von Groton, Connecticut, besuchen, wobei nun allerdings die Maschinen- und Reaktorräume nicht zugänglich sind.

Neptune 1903

Eine Fehlkonstruktion: kein einfacher Begriff. Wenn sich Technik rasch wandelt, müssen Schiffe in Unsicherheiten hinein konstruiert werden, in unklare Zukünfte und mit unzulänglichem Wissen. Als erstmals die rußigen Schornsteine von Hilfsdampfmaschinen zwischen Segelmasten aufgerichtet wurden, zerfiel Segeltuch rasch im ätzenden Kohlenrauch, und so recht segeln konnten diese Zwitterschiffe auch nicht mehr. Aber wer wußte Genaueres über Luftströmungen dort oben im Rigg? Berechnen konnte man sie wohl, aber wer traute dem schon? Zarte Empirie, das gute Auge erfahrener Nautiker half eher, war aber auch irritierbar. Es blieb ein gesundes Mißtrauen gegen sich verkünstelnde, in Aerodynamikformeln auf Kreidetafeln sich verlierender Professoren mit heftigem Hang zur Seekrankheit, selbst vor Anker im Spithead, wenn sie sich doch mal durchrangen und an Bord kamen.

Es gab Ausnahmen. Sir Edward Reed, der Chefkonstrukteur der britischen Navy, war ein höchst erfahrener Empiriker, arbeitete aber auch gern und intensiv mit den *computern*, den rechnenden Beamten: Ärmelschoner und Blendschirme, feinmechanische Kalkulatormaschinen, Kopierstifte und Pauspapiere, hartes Blei vor Zeichenbrettern. Und trotzdem schaffte er es, ein durchgängig miserables Schlachtschiff zu konstruieren, *full of inherent faults and small vices*. Als die Peinlichkeit offenkundig wurde, redete sich Sir Edward heraus, er habe halt die wirren Anforderungen der brasilianischen Marine erfüllen müssen, mit Unbehagen. Nun ja.

Denn das Schiff begann als *Independencia*, ein Auftragsbau bei der Londoner *Dudgeon*-Werft – eine konstruierte, bestellte, schwimmende Katastrophe. Aber die schwamm erst einmal gar nicht, bewegte sich beim Stapellauf nicht hinunter in, wie man sagt, ihr Element, sondern blieb einfach auf der Helling stecken. Drei vergebliche Versuche – eine magische Zahl –, dann kommt das Panzerschiff nach einem halben Jahr doch auf die Themse, ist aber ordentlich beschädigt. *J&W Dudgeon* ist bankrott.

Das reparierte Schiff wird, gegen das Urteil ihres eigenen Konstrukteurs, von der Royal Navy angekauft, als *Neptune* in Dienst gestellt. Wieder mal drohende Kriegsgefahr, man will alles haben, was schießen kann, sei es auch miserabel. Das segelvernichtende, schwarzqualmende Schiff kommt zur Mittelmeerdivision, zur Elite der königlichen Flotte, wird dort zum gar nicht so weißen Elefanten. Es hat schlimme Eigenschaften, nimmt Wasser über bei starkem Wind, ist instabil, rollt gefährlich, ist kaum steuerbar. Es verbraucht, so der effiziente Admiral Tryon, täglich eine Kohlenmine; es muß ohne Segel am Hauptmast auskommen und schaut deshalb *wie eine halbbekleidete Nutte* aus; es läuft auf Felsen und Sände. Dann wird es strafversetzt in die Reserve, was alle erleichtert. Schließlich, es ist 1903, soll die *Neptune* abgewrackt werden, endlich.

Es kommt nicht häufig vor, daß ein Schiff auf seiner letzten Reise mehr Panik und Entsetzen unter seinen Flottenkameraden erzeugt, als jemals unter seinen Gegnern. Denn das Panzerschiff weigert sich, einfach aufzugeben. Beim Schlepp durch den Hafen von Portsmouth reißt es sich los.. Nach einer ersten Kollision sucht sie sich die *Victory* für ihre zweite Attacke aus, ausgerechnet diese Berühmtheit von Trafalgar, schon damals eine historische Ikone der wellenbeherrschenden Britannia. Nelsons Flaggschiff überlebt gerade so, wie auch das moderne Schlachtschiff *Hero*, das dritte, letzte Rammopfer der *Neptune*.

Wahrscheinlich reicht es nicht, das seeuntaugliche, gefährliche Schiff als technische Fehlkonstruktion abzutun. Seine Biographie müssen wir wohl auch mit Unglück oder störrischem Charakter erklären; vielleicht sogar mit Bosheit, die nun aber *ein Teil der großen weltgeschichtlichen Ökonomie* zu sein scheint.

Newport 1956

Schiffe sind komplexe technische Supersysteme, die komplexe Besatzungen und Bediener brauchen. Als im Frühjahr 1956 eine Flottille amerikanischer Vorpostenzerstörer im Hafen von Newport lag, war beides heruntergefahren, die Schiffe ohne Dampf, bloß ein paar Notsysteme am Laufen, der Großteil der Leute von Bord, auch der Kapitän und die meisten Offiziere, zur Erholung vom winterlichen Nordatlantikdienst, die Schiffe in der Hand von ein paar unglücklichen Junggesellen, Delinquenten mit Urlaubssperre, notorischen Querulanten und Deserteuren. Man lag im Päckchen, eng aneinander am Kai, es war leichter so an Land zu kommen als vom Ankerplatz draußen. Wettervorhersagen waren erwartbar unzuverlässig, und als der Zyklon sich mit seinen Schneemassen an Land warf, wurde es hektisch und verwirrt. Fehleinschätzungen, zu spät von unausgeschlafenen Decksoffizieren an ungewohnter Position gegebene Befehle, die schlecht durchdrangen, unzulängliche Maßnahmen, Initiativen ins Leere laufend: *Schwierigkeiten häufen sich und bringen eine Friktion hervor, die sich niemand richtig vorstellt, der den Krieg nicht gesehen hat.*
Am Kai bleiben? Die übergespannten Taue brachen, Wellen und Reflexionswellen warfen die Schiffe gegeneinander, Rümpfe rieben sich und krachten, Decks waren eisglatt, unbetretbar, Plankungen rollten auf, Schäden überall. Die ersten rissen sich los, trieben und strande-

ten. Auslaufen, draußen abwettern? Zuwenig Leistung, Taue in den Schrauben, auch Strandungen.

Zu spät wurde entschieden – aber was war vernünftig? Das Was-wäre-wenn-Spiel, erst in den letzten Jahrzehnten von der Geschichtswissenschaft für würdig gehalten, führt uns zu einem anderen Zyklon, zwölf Jahre zuvor. Der hatte die gefährliche Instabilität dieses Vorpostenzerstörertyps gezeigt; drei kenterten und sanken damals. Bloß vier Tote durch Erfrierungen, bei den fünf Strandungen in Newport: das war doch keine allzu schlechte Bilanz dieser Notbesatzungen, oder?

Noratlas 1961

Daß der Nikolaus mit dem Transportflugzeug hernieder kam, verwunderte nicht. Erstaunt hätte man sein müssen, wenn er anders erschienen wäre als direkt aus dem Himmel, mit diesem technischen fliegenden Teppich, einem silbernen Gefährt, das so ganz anders aussah als die Lothringerkreuz-artigen Flugzeuge, die man zeichnete oder aus Legosteinen baute zu einer Zeit, als es leider! im System noch keine flachen Platten gab. Die wurden später Grundlage von Modellen von Doppeldeckern und Flugbooten.

Die Druckerei seiner Eltern, das war sein großes Glück, lieferte für den Luftwaffenstandort: Speisekarten der Offiziersmesse, Bestellformulare für Ersatzteile, sogar Checklisten für den Jagdbomber *F84F*. So kam es, daß er an diesem Mittwoch im Dezember 1961 nicht nur den Nikolaus sah, sondern mit ihm einsteigen durfte, zwischen den schlanken Leitwerksträgern, durch die Halbschalen der Hecktore ins verwirrende Innere, zu den Spantenringen mit den ovalen Aussparungen, den Leitungsbündeln, und den seitlichen Stoffsitzen. Es gab keine Verkleidungen, die die pure Technik verunklärten und ins Normale hineinholten. Das war eben kein Omnibus. Er schaute nicht auf den Rotberockten, Wattebärtigen, Kinderumringten, sondern sah mit Irritation und Faszination nach vorn, wo durch die offene Tür knappe Blicke auf das helle Cockpit und an den Piloten vorbei auf die verführerisch komplexen Instrumente zu wagen waren.

Dann paßten die Daten der Sinne und sein Verstehen nicht zusammen. Durch die kleinen ovalen Fenster ein Heben und Senken der Tragflächenspitze über dem Horizont, dann das wilde Wegrutschen nach oben, dann gleitendes Rütteln: Die Landung nach dem, was er viel später, bei der Einordnung der Erinnerung, als Platzrunde erkannte. Den Lärm der Sternmotoren hatte er nicht recht wahrgenommen.

In Erinnerung blieb aber dies: zwei eng gemeinsam startende Jagdbomber, schwarze Abgasstreifen im weißen Winterhimmel hinterlassend. Der zweite Flug, kurz drauf, mit einer kleinen *Piper Cub*, verstrebte Tragflächen, stoffbespannt, eng, war weniger irritierend. Sie war ein übergroßes Modellflugzeug oder ein Sportwagencoupe, daher normaler als die technoide *Noratlas*.

Northumbria 1969

Der Riesentanker, das größte Schiff, das damals im Vereinigten Königreich auf Kiel gelegt wurde, an der Mersey, getauft von Prinzessin Anne mit dem üblichen Champagner, sollte den *black tar* ums südafrikanische Kap transportieren, nach der Schließung des Suezkanals durch die Ägypter. Ein Fehlschlag: Konstruiert von einem, der nie einen Schneidbrenner in der Hand gehabt hatte, leerte der Rumpf durch Risse seine öligen Eingeweide aus, und hinkte davon durch einen Flammenvorhang.

Das Shanty *Roll Northumbria, roll* von Colm McGuinness erzählt uns aber ein fiktives Drama. Den Giganten von 1969, mit 126.000 Registertonnen heute eher untere Tankergröße, gab es. Und die *Esso Northumbria* war tatsächlich ein Fehlschlag, ohne die so wünschenswerte Dramatik aber. Immer wieder, nach dem Muster vieler technischer Fehlschläge, so etwas: Man wußte zu wenig über die Stresslasten sehr großer Rümpfe, behalf sich mit Maßstabsvergrößerungen, dazu die üblichen Kostenüberschreitungen. Später, als Belastungsschäden auftraten, Risse, Diagonalfaltungen, gab es unkalkulierbare Reparaturen, Behelfe, neue Kosten, Verzögerungen, denn Reparaturen sind nie so sauber berechenbar und nie mit der *Einen Besten Praxis* handhabbar wie Neubauten, aber auch die schon gerieten oft aus der Hand. Nun, dieser Einschalentanker war ein Verlustbringer, ein schwimmender Problemfall. Sicher, er war wohl auch katastrophenträchtig. Die große shanty-taugliche Auflösung – Auseinanderbrechen, Ölteppich, Umweltkatastrophe, Rettungsdrama – blieb aber aus.

Das Ende war banal; es kam mit Winseln. Es gab keinen Champagner von irgendjemandem. Die Verschrottung nach erst zwölf Einsatzjahren interessierte kaum. Und natürlich baute das Vereinigte Königreich bald keine Tanker mehr, auch keine Arbeitsfrachter. Übrig blieb der Stoff für ein gutes Shanty, mit vagen Erinnerungen an die nordenglische Werftindustrie, schließlich auch daran, daß Shanties nicht nur die Piraten der Palmenbuchten des *Spanish Main* feiern können, sondern auch die heroische Zeit der englischen Arbeiterklasse und ihr miserables Produkt.

Oldenburg 1886

Als sie ins Wasser rauschte, den braunstreifigen Rost hastig übermalt für den Stapellauf, war sie schon lang auf der Helling in Stettin gelegen. Am Ausrüstungskai lag sie dann nochmal zwei Jahre. 1886 in Dienst gestellt, war die Panzerkorvette schließlich ein brandneues veraltetes Schiff. Inzwischen gab es bessere Panzerungen, effizientere Maschinenanlagen, elektrisches Licht, Feuerleitrechner; nichts davon auf der *Oldenburg*. Man müßte meinen, daß jeder Kommodore, im Geschwader fahrend, diese schwimmende Fehlplanung vor Augen, ein tiefes Peinlichkeitsempfinden hätte haben müssen. Aber wieso eigentlich? Als Vorläuferbau, als Probeschiff für die folgende Panzerschiffsgeneration, als Repräsentationsmaschine, als unschönes, gleichwohl yachtähnliches Instrument zum Flaggezeigen im Mittelmeer, als Paradeschiff für Königin Victoria vor der Isle of Wight, im *Spithead*, auch einmal, vor Kreta, in einen halbernsten Konflikt hineingeratend, leistete das veraltete, langsame Endlosbauschiff mehr als die Mehrzahl der folgenden, viel effizienteren, ästhetisch ansprechenderen künftigen Wracks.

Palmcrantz 1895

Palmcrantz, Absolvent der *Kungl. Ingenjörsvetenskapsakademien*, konstruiert eine Maschinenkanone; sie findet sich auf vielen Schiffen europäischer Marinen. Es ist eine schnell feuernde Waffe zur Abwehr der Torpedobootsgefahr und um, an Land gesetzt, unbotmäßige Eingeborene zu – beeindrucken. Seine Fabrik baut Maschinenwaffen, aber auch Patent-Mähmaschinen. Technisch ist das sowieso das Gleiche, Revolver sind Nähmaschinen sind Mähbinder; ganz unironisch nennt sie der Erfinder *Erntemaschinen für Leben und Tod – skörde-*

maskiner både för livet och döden. Er verkauft seine Konstruktion an einen Konkurrenten; als *Nordenfelt-Mitrailleuse* wird sie noch erfolgreicher. Seine Firma, bald eine der größten im Land, ist vorbildlich: Achtstundentag, Betriebskrankenkasse, Berufsschulen, das gesamte Bündel von Sozialleistungen. Palmcrantz ist ein Pionier des schwedischen Sozialstaates. Über seine Waffe, ein Halbautomat, ging bald der technische Fortschritt hinweg. Vollautomaten des mechanischen Tötens folgten, aber sein anderes Kind, der Sozialstaat, blieb. Ob er bleiben wird, wissen wir nicht; mit dem *gräßlichen Fatalismus der Geschichte* ist immer zu rechnen.

Panther 1911

Wo beginnt eine Geschehenskette? Wo lassen wir sie beginnen? Bei kleinen, wunderbar ironisch verfaßten Ereignissen, oder doch besser bei den langen Wellen der Historie? Beim schlecht reparierten Motor eines Flugapparates auf dem Feld von Issy-les-Moulineaux, also bei einem unfähigen Mechaniker? Oder bei der morbiden Neugier einer Gruppe von Zuschauern, die sich dem Flugapparat in den Weg stellt? Sicher ist, daß der Eindecker in die Ehrentribüne rollt, daß der marode Motor trotzdem die Kraft hat, den französischen Präsidenten schwer zu verletzen und den Kriegsminister zu erschlagen, daß der Außenminister der neuen Regierung sich als ein unerfahrener, entschlußgestörter, schwerfälliger Bursche erweist, der vom neuen Präsidenten nicht ohne gute Gründe im verwirrenden außenpolitischen Dunklen gehalten wird.

Sind es also die Mechanismen der französischen Politikerauswahl, die der deutschen Regierung ein Fenster der Gelegenheit zu öffnen scheinen, um einem kleinen Kanonenboot die Anweisung zu geben, für eine Machtdemonstration in einen südmarokkanischen Hafen

einzulaufen? Oder ist eher der Einbau eines dieser neuen funkentele-
graphischen Apparate, wodurch Marineleitung und Außenministeri-
um direkt, in *real time*, den Sprung des Panthers nach Agadir anwei-
sen können?

Diese Schulbuchepisode, gespeist von Einkreisungsängsten, aben-
teuerlicher Vorwärtspolitik, allseitigen Unfähigkeiten, Prestigedruck,
kolonialen Expansionsträumen, Verhandlungen dunkelgekleideter
Herren mit Gehstöcken, auch sommers in schwerem Tuch, sechs Glä-
ser Kognak nach dem Lunch, war, wie wir wissen, eine Bewegung der
Welle der Geschichte, führend zum Großen Krieg. Ist das aber alles?
Sind die Teil-Geschichten wirr, intrikat und unklar, oder machen wir
sie dazu, indem wir *progressive digressions*, Abweichungen, Nebendinge betreiben? Es gibt, so scheint es, auf der Welle der Geschichte
viele Kräuselwellen, nicht nur Schaum.

Parashjutny 1937

Es war die Attraktion in Moskaus Gorkipark, dem Kulturpark, Парк
культуры : der Fallschirmsprungturm. Wagemutige sprangen vierzig Meter tief, am Schirm pendelnd, ins Sandbett; Furchtsamere
rutschten auf Matten hinunter. Das waren *ikarische Spiele in der
veränderten Welt*, gemacht für eine Aufbruchsjugend, die kollektiv
Fiskultura – physische Kultur – betrieb, die sich in der *Osoaviak-
him*-Jugendorganisation auf die höchsten, also gesellschaftlich am
weitesten fortgeschrittenen Formen, Luftkrieg und Gaskrieg, vorbe-
reitete. Grade eben war die erste Fallschirmspringertruppe aufge-
stellt worden, bolschewistische *avangar* – jeder Turmspringer ein
möglicher Rekrut. Eine Rote Fabrik organisierte weibliche Fall-
schirmsanitäter, Tausende Flugzeuge, *Stalins Rote Falken*, hundert-
fünfzigtausend neue Piloten als Planziel: der wehrhafte *Sozialismus*

in einem Land. Nun, die fallschirmspringende Elite erfüllte nicht so recht die Erwartungen. Das merkte die Rote Armee. Die Wehrmacht auch, nach dem Kreta-Fiasko; und die British Army nach Arnheim. Der Fallschirmturm wurde in der Chruschtschowzeit abgebaut. Er war zu gefährlich. Es gibt inzwischen einen Nachbau.

Pinguin 1915

Jeder Mann ein Flieger? Das glaubte niemand, als ab 1915 der Bedarf stieg an Piloten. Der richtige Fliegertyp fand sich dann aber schon, da mußte man keine langwierigen Auswahltests machen. Mut, Überblick, Schneid: das war doch nur bei deutschen Offizieren zu finden; *elan* oder der Geist der *attaque à outrance* nur bei französischen. Britische Piloten: nun, Eton oder Oxford reichten einfach. Dem guten *Fliegermaterial* war bloß noch das Pilotenhandwerk beizubringen, eine Lappalie im Grund.

Wie das geschehen sollte, war nicht eindeutig. Deutsche schulten im Zweisitzer. Die *Luftsäuglinge* fühlten, wenn sie ihre Übelkeit überwunden hatten, zuerst an den Steuerpedalen und Hebeln mit, übernahmen dann erst einmal Höhen- oder Querruder, tasteten sich langsam ans angsterzeugende Landen heran, bevor sie ihren ersten nervenanspannenden Alleinflug machten.

Frankreich ging einen anderen Weg. Dort wurden die Flugeleven gleich in *Pinguine* gesetzt, einsitzige Standardflugzeuge, aber mit beschnittenen kurzen Tragflächen, flugunfähig, allenfalls für kleine Hüpfer gut. So begannen sie Wind im Gesicht zu ertragen, fühlten Steuerdrücke, und lernten, wie man die temperamentvollen und ungebärdigen Umlaufmotoren regelte. Wie die Pinguine auf den Flugfeldern auf zwei Rädern umherrollten *wie Katzen mit erhobenem Schwanz*, zusammenstießen, hart nach Sprüngen herunter kamen, in Erdlöchern ihre Fahrwerke knickten, wie Brüche und Halbwracks von chinesischen Arbeitern weggekarrt und zusammengeflickt wurden: davon lesen wir in Memoiren und Briefen. Auch davon, welche bangen Gefühle der Übergang von Luftsprüngen zu kurzen Flügen und ersten Kurven bewirkte.

Außerordentlich gefährlich waren beide Methoden, die deutsche, bei der im Kriegsverlauf oft *ausgebrannte* oder *hochnervöse* Frontflieger zu Lehrern wurden, auf untauglichen, verbrauchten Maschinen; und die französische, bei der angehende Piloten in den ungewohnten Kurven regelmäßig üble *Brüche bauten*. Grob geschätzt verunfallte ein Drittel aller Piloten während der Ausbildung, auf beiden Seiten der Front. Wer überlebte, wer durch *Pinguine* oder Halbwracks sein Luftzeugnis bekam, den erwartete an der Front eine noch etwas geringere Überlebensrate.

Pluto 1961

Eine der kleinen bunten Pappschachteln, wie wir sie alle kennen, drinnen Teile aus Polystyrol, spritzgegossen, eine Bauanleitung, Abziehbilder, außen ein buntes Bild des realen Objekts, Maßstab 1:72. Die Bildästhetik vorn ist auch bekannt: das Objekt, ein Flugkörper; Landschaft; dahinter eine Explosion.

Der Modellbaukasten von *Fantastic Plastic* ist nicht deswegen ungewöhnlich, weil dieser Flugkörper nie flog. Fiktive Objekte werden gern in konkrete Modelle umgesetzt, etwa Jules Vernes Unterseeboot *Nautilus*. Ungewöhnlich ist das Vorbild. *SLAM: Supersonic Low-Altitude Missile*, auch genannt *Project Pluto*, nach dem Gott der Unterwelt, eine höchst elegante, nadelspitze Horizontalrakete, ein Marschflugkörper mit Nuklearantrieb, der in Baumwipfelhöhe die Sowjetunion überfliegen sollte, zerstörerisch durch seine Überschallknallschleppe und durch den Ausstoß der Radionuklide seines dreckigen Kernreaktors. Das waren aber nichts als erwünschte Nebeneffekte. Er war hauptsächlich Träger von ein, zwei Dutzend Wasserstoff-Sprengköpfen. Nachdem die in Abständen über russischen Zielorten *gelauncht* waren, sollte SLAM sich auf eine Großstadt stürzen.

Hier müssen wir erst einmal pausieren und durchatmen. Ein Prototyp dieser Apokalypsewaffe, ein Produkt des sehr Kalten Krieges, wurde bis 1961 tatsächlich entwickelt, flog aber nie. Wo und wie einen dreckigen, offenen Atomreaktor ausprobieren? Verlassen wir das Nachdenken über diese nie geschehene Wirklichkeit des Testfelds in *Jackass Flats*, Nevada. Was aber bedeutet die Übersetzung dieser fast unvorstellbaren *doomsday machine* ins Bastelbare, ins Modell, in den Maßstab 1:72? Vorbilder gibt es, denn Plastikmodelle der ganz anderen *doomsday machines* einer früheren Luftkriegsepoche, der *Lancaster-* oder *Stirling*-Bomber der *Royal Air Force*, die 1943 mit der *Operation Gomorrha* für einen Feuersturm in Hamburg und für über dreißigtausend Tote sorgten, gehören zu den Bestsellern der Modellhersteller *Revell* und *Airfix*, auch in Deutschland. Ist der Modellbaukasten der Apokalypsemaschine des Kalten Krieges also naive Verharmlosung, quasimagische Transformation ins Niedliche; oder Geschmacklosigkeit? Oder bloße schwarze Modellfaszination? Nun, wir können uns eine Einordnung aussuchen, und auch eine Moral von der Geschichte.

Powerful 1895

Hochfaszinierend als Gegenstand der Kultur, als Literaturgattung, als Rahmen für einen Heldentypus, aber hochirritierend für – nun ja – seriöse Historiker: Das ist Spionage. Wir freuen uns an Doppel- und Tripeltäuschungen, unerwarteten Wendungen, Kontermaßnahmen; wir lieben die schach-artigen Planzüge, Fehleinschätzungen, horriblen Fehler und, selbstverständlich in unseren immer noch recht befriedeten Gesellschaften, die verschiedenen Spielarten von Gewalt und geschürten Ängsten. Besonders befriedigen die Wirklichkeiten, die Zugriffe, die *wet works* der Ermordungen – also diejenigen echten Geheimdienstoperationen, die es in die Zeitungen schaffen. Wenn Plots und *counterespionage*-Coups aufgedeckt werden, wenn Agentenchefs Erinnerungen vorzeigen, dann scheint uns endlich einmal der Schleier weggezogen von einem Bereich der Wirklichkeit, den wir nicht kennen, oder etwa nicht?

Aber *blos zeigen, wie es eigentlich gewesen*, diese trivial scheinende Forderung Rankes, ist nun hier gar nicht trivial. Spionage ist für professionelle Historiker ein, wohl zu Recht, unbehagliches und methodisch unsauberes Gebiet. Was nicht in den Akten sei, sei nicht in der Welt – ja, aber was schafft es in die Akten? Und auf was können denn nun Historiker zurückgreifen, wenn es doch klar ist, daß es um Geheimhaltung, mehr noch: um Verschleierungen, um die Erzeugung von Irrealität, Täuschung, Doppelspiele geht, ums Kleinhalten der *need to know*- Kreise, um gezielte Desinformationen für die Eigenen und die Anderen. Von einer historisch verstehbaren, klaren Wirklichkeit ausgehend, betreten wir hier die Schule der Irritation.

Um es klarzustellen: Nicht reden wir von einer modischen Schule der französischen Geschichtsphilosophen, denen alles Text und nichts untextliche konkrete Totalität ist. Stattdessen wollen wir schon wissen, was dahinter steckt, da, wo es ums Leben geht, oder wenigstens um Kernwaffen und neue Vernichtungssysteme. Wir wollen wissen, was der Gegner macht, wo er forscht, wie er rüstet, was vorn an der scharfen Klinge der Truppen und Flotten ankommt.

Die Russen geben ein neues Wunderschiff in Auftrag, die *Rurik,* ironischerweise bei einer britischen Werft in Barrow-in-Furness. Was kann es? Die Royal Navy, in einer recht fernen Zeit um 1900, kurz vorm heißen Krieg mit dem Zarenreich um die Dardanellen und Afghanistan, aber trotzdem bereit, für den Gegner zu bauen – nun, Freihandel halt –, will es sehr genau wissen. Und es kommt heraus: Es wird schnell sein, es ist gut geschützt, es kann die britischen Kreuzer *aufschlecken wie ein Armadillo die Ameisen.* Die Seelords müssen Gegenschiffe bauen, Konterwaffensysteme, den Superkreuzer *Powerful* und sein Schwesterschiff *Terrible.*

Die *Rurik* nun, als sie die britische Helling verläßt, ist viel langsamer und überhaupt weniger *game changing* als ihr Konzept. Hat der zaristische Geheimdienst gezielt Fehlinformationen lanciert, hat der britische Dienst Sabotage bezahlt, oder war die Werft weniger kompetent als erwartet, oder war es ganz anders? *Ignorabimus*: wir werden es nicht wissen. Das ist ein Normalzustand, nicht nur der Marinegeschichte, wenn Geheimdienste im Spiel sind.

Prinz Adalbert 1870

Als im Sommer 1870 eine Geschwaderfahrt beginnt, übernimmt der Marinechef selbst, Prinz Adalbert von Preußen, das Kommando, *nicht mehr ganz auf der Höhe,* stark kurzsichtig und leberleidend. Auf der Reise durch den Belt gerät die Fregatte *Friedrich Carl* auf Grund, verliert alle drei Schraubenflügel – wollte sich der dänische Lotse für den verlorenen Schleswigholstein-Krieg revanchieren? –, muß vom *Kronprinz* nach England geschleppt werden, weil das keine preußische Werft reparieren kann. *Kronprinz* havariert auch, der Antrieb fällt aus; man kann immerhin segeln. Das Flaggschiff *König Wilhelm* folgt über die Nordsee. Auch hier: Es gibt Risse im Fundament der Dampfmaschine, eine langsame Reise. Endlose Reparaturen, die Werft in Plymouth arbeitet lahm, teuer und ungenau. Das kleine *Widderschiff Prinz Adalbert,* treffend *der lahme Vetter* genannt nach dem unglücklichen Marinekommandanten, lächerlich langer Rammsporn, miserable Segeleigenschaften, offenbar *misslungen und liederlich zusammengebaut*, schafft es aber, nach Plymouth zu hinken, um sich dort mit den drei Einheiten der Havarieflotte zu vereinigen.

Ist diese Schadenskaskade Unglück oder Unfähigkeit? Gut, daß dann bald der französisch-deutsche Krieg beginnt, und die überforderten Kommandeure einer Flotte, die ebenfalls *nicht ganz auf der Höhe* ist, alle Gründe haben, gegen das überlegene Nordseegeschwader Frankreichs nicht auslaufen zu müssen.

Propeller 1911

Die gesellschaftliche Begeisterung um 1910, manche reden auch von einer Obsession, betreffs Flugmaschinen, steckte einige unplausible Opfer an. Obwohl, andererseits, daß einige gerade aus großbürgerlichen Kreisen der rottenden Donaumonarchie kamen, war nun so unplausibel nicht. Ablenkungen, Nebendinge, Exzentrizitäten waren doch dort eher gelitten und wurden vergnügter praktiziert als anderswo. Daß sich jemand aus dem niederen Adel, angeregt durch den eminenten Hochschullehrer Mach, mit den Eigenschaften und mathematischen Beschreibungen von Luftströmungen befaßte, mochte noch angehen; aber daß ein junger, wie man sagt: vielversprechender Herr ausgerechnet ins kalte Britannien ging, um dort sich der Aerodynamik zu widmen, war unerwartet. Gedankenexperimente, Berechnungen, wohl auch halbherzig praktisches Experimentieren führten zu einem Patent für einen neuartigen Propeller, einem Angebot einer Assistenz und besten Chancen einer Karriere auf diesem allerneuesten Gebiet der Technik.

Die habituelle Unschlüssigkeit seiner Kultur behinderte aber nun den jungen österreichischen Philosophen, der, später im Großen Krieg, in sein eigentliches Wirkungsfeld eintauchte, was wohl auch besser war, denn akademische Forschung zu Aeroplanen war der bastelnden Empirie weit unterlegen und brachte eher gefährliche Fluggeräte hervor. Die Laufbahnentscheidung des jungen Kakaniers dürfte wohl dem Fortschritt des jungen Feldes der Fliegerei gut getan haben.

R100 1930

Eine bestechende Idee, sehr britisch einerseits, nämlich Wettbewerb; aber dann doch wieder nicht, denn eigentlich soll sich der Staat doch raushalten aus dem freien Spiel der Kräfte, oder nicht? Aber inzwischen hat der Staat gelernt zu planen, endlich, sogar in diesem libertären *halbanarchischen* Vereinigten Königreich. Das Empire, nach dem Ende des Großen Krieges größer geworden, soll überzogen werden mit Luftschiffslinien: Luftmobilität; beschleunigter Verkehr; Schrumpfen der Entfernungen; *an ever closer union;* Beherrschung, darum geht es selbstverständlich auch. Dazu soll eine Fabrik des Staates, des planenden, unternehmerischen, rüstungsgeschulten Staates, ein Muster-Weltluftschiff liefern, und ein zweites soll *Vickers* bauen, die private Rüstungsfirma. Das staatliche Starrluftschiff *R101* ist, überraschend, innovativer, hat Dieselmotoren, und es ist, überraschend, schneller fertig. Aber ist es das wirklich?
Der Luftfahrtminister will zu einer Ausstellung reisen, nach Karachi, British India, eine Prestigefahrt, zusammen mit seinem *Air Vice Marshal,* mit Entourage, mit Industriellen – auch wenn die Fahrversuche noch längst nicht abgeschlossen sind, auch wenn technische Probleme heruntergespielt und nicht final gelöst werden; und die *Vickers*-Konkurrenz lauert. *R101* kommt gut über den Kanal, in einer

nassen Oktobernacht 1930, die Hülle wird schwer, es fährt gerade einmal in Baumwipfelhöhe über Nordfrankreich, kann nicht mehr steigen, Bäume schlitzen seinen Unterbauch auf. Die Explosion überleben erstaunlicherweise ein paar Mechaniker, durchnässt vom Regen und Ballastwasser. Die Luftfahrtprominenten, und übrigens auch der Konstrukteur des Schiffes, schaffen es erwartungsgemäß nicht. Die Luftschiffslinienidee wird mit ihnen begraben, in Großbritannien jedenfalls, und damit auch das zuverlässige, erprobte, wenngleich konventionellere Konkurrenzschiff, die *R100* von Vickers.

Rodra 1926

Pannen, Schäden, kleine Unfälle: Was passiert, wenn man nicht einfach rechts ran fahren kann zum Reparieren oder zum Warten auf Hilfe? In der Luft oder auf dem Meer, im Weltraum oder der Bergwand ist das eben nicht leicht möglich – oder auch inmitten der Schlacht, wie John Keegan bemerkt hat. Ausgesetztsein gehört zur *conditio humana*. Und zugleich können wir uns auf ein Netz von Hilfen verlassen. Die gehören entweder zu den bereitgehaltenen, verfügbaren Infrastrukturen: Pannendienste, Hubschrauber, Seenot- und Bergretter. Oder sie gehören zu den Dingen selbst, mit denen wir uns bewegen: Fallschirme, Rettungsboote.

Es gibt aber, wenn Krisen in der Situation des Ausgesetztseins überschaubar und nicht lebensbedrohlich sind, noch einen Typ: Nachhausebringtechnik – Notlauf in einem Automotor mit ausgefallener Elektronik; Ersatzräder, Reifenflickzeug; Hilfsmotoren von Yachten. Sogar ein Passagierjet ist mit stehenden Triebwerken segelnd zu landen, weil eine kleine Hilfswindturbine, ausgeklappt, Strom erzeugt.

Bei Krisen unserer allumspannenden Technik sind wir oft genug selber gefordert, was aber nun Initiative, Möglichkeit und Können voraussetzt. Man ist doch versichert, Pannendienstmitglied, bastelt ungern, ist auch nicht mehr in der Lage, wegen Unfähigkeit, oder Unmöglichkeit komplexer, reparaturfeindlicher, spezialistengebundener Mobilitätsmaschinen. In inzwischen sehr fern erscheinenden Zeiten war das anders.

Besonders ausgesetzt, auf langen Strecken über Wasser, waren Flugboote der Zwanziger Jahre. Sie flogen durch Unwetter, mit Motoren dubioser Zuverlässigkeit, fern von Schiffahrtsrouten, oft ohne Funkverbindung. Wenn sie hinunter aufs Wasser gehen mußten, ohne Hilfe und Rettung, war Initiative erforderlich. Der Bordmechaniker hatte Ersatzteile, Werkzeug und Können, um Motoren wieder zum Laufen zu bringen. Er konnte auch an ihnen arbeiten, weil sie erreichbar waren, durch Kriechgänge oder Leitern. Die Zusammensetzung der Besatzung, die Konstruktion des Geräts, und die Ausstattung waren also Teile eines autarken Krisenbewältigungssystems abseits jeder Hilfe von außen.

Die *Rohrbach Rodra IIIa – Ro-drei-A –*, ein hochseefähiges Flugboot von 1926, hatte zudem den Luxus einer besonderen Nachhausebringtechnik an Bord. Zwei Masten, aufrichtbar, mit Focksegeln: ein komplettes Segelbootsrig. Das Flugboot wurde nach einer Notwasserung zu einem Segelflugzeug besonderer Art.

Rumrunner 1919

Der technische Fortschritt hat mitunter merkwürdige Väter und Mütter. Einsame Excentrics, besessene Erfinder, Firmen mit Riesenforschungsetats, kühle Durchdeklinierer von möglichen Lösungen, kreative Abenteurer, unter Druck stehende und Druck ausübende Konzernabteilungen, Planer, Wirrköpfe, bürokratisch Geförderte – daß aus solcherart Molekularbewegungen sich Transformationen und technisch Disruptives speisen: sicherlich. Das kennen wir. In den Blick nehmen müssen wir als Neuerer aber auch andere, vielleicht – noch – unerfreulichere: Verbrecher, oder sagen wir es schonender, Leute mit nicht ganz legalen Zielen. Unter denen findet sich manchmal eine nur auf den ersten Blick erstaunende technische Kreativität.

Schmuggel ist ein solcher Fall. Die scharf gebauten, effizient besegelten Kutter, mit denen die Kontinentalblockade Napoleons und die Gegenblockade Großbritanniens umgangen wurden, gehören zu den tief beeindruckenden Schiffen ihrer Dekaden, und zwar französische wie britische; da teilte man sich die Arbeit. Cognac, Champagner, Maschinenzeichnungen oder Eisengußrezepturen waren Stimulans genug.

Als die US-Puritaner aller Couleurs das *Volstead*-Gesetz, den *National Prohibition Act* zum Alkoholverbot durchsetzten, war das ein Stimulans für Widerstand, und für das Entstehen einer Ökonomie zur Versorgung einer ganz und gar nicht abstinenten Gesellschaft, die sich das bundesstaatliche Nüchternheitsdiktat nicht gefallen lassen wollte. Der Konflikt hatte so einige Facetten: Washington gegen freiheitliche Bürger, Genuß gegen Entsagung. Es war auch ein symbolisches Spiel: Kreative Underdogs gegen behäbige Autoritäten.

Das Spiel wurde mit Booten gespielt und mit Motoren. Nach dem Ende des Krieges verpatzte – so kann man es nennen; oder: verschleuderte – die amerikanische Regierung Hunderte der zu viel produzierten *Liberty*motoren mit zwölf Zylindern und recht beachtlichen vierhundert PS. Die trieben nun Weltrekordautos an oder Fernflugmaschinen, und eben auch Speedboote. Aber nicht nur solche, die Kreisrennen fuhren am Lido von Venedig oder vor Cannes, sondern Schmuggelschiffe: *Rumrunner*.

Für den *run* zwischen der Karibik und den Küsten um New Orleans entstanden elegante, technisch innovative Gleitboote, teuer zu bauen

und enorme Spriteinverleiber, aber rentabel genug für den Whisky-
und Rumtransport in dieser merkwürdigen Prohibitionsökonomie.
Zu fassen für die Küstenwache waren sie kaum. Denn eine Facette
der Antiprohibition war eben auch eine technisch-kulturelle: Fünf-
unddreißigknoten-Stufengleitboote gegen die schweren, langweili-
gen und immer hinterherhinkenden Zwanzigknoten-Cutter des
Zolls. Nun tauchte, unvermeidbar, eine dritte Partei auf, der *mob*, die
Jungs vom organisierten Verbrechen. Es war eben einfacher, die Gewinne vom Schmuggel – nun ja: abzuschöpfen, als selber zu schmug-
geln. Schnelle Boote, sogar noch schnellere, manchmal mit zwei oder
drei der *Liberties*, brauchten diese Mitspieler selbstverständlich
auch; und eine bessere Aufmunitionierung ihrer *Thompsonguns*.
Als der *Volstead Act* fiel, 1933, sanken die schlanken Gleitboote mit
den Zwölfzylindermotoren hinunter ins Kollektivgedächtnis, ins Ge-
schichtenerzählen der Teilnehmer und Überlebenden. Für die Rumrunner war ihr Großes Spiel zu Ende. Für die Jungs vom *mob* noch
lange nicht.

Rusalka 1893

Am Ostseestrand, etwas außerhalb von Estlands Hauptstadt, steht
ein Monument, eine geflügelte Frauenfigur, offensichtlich der *Nike
von Samothrake*, der griechischen Siegesgöttin, nachgebildet, auf einem Steinsockel, dekoriert mit Kanonen, Ankern und Eisenketten,
eingehauenen Namen. Nähert man sich unbefangen und uninfor-
miert, so mag man das Denkmal für eine Erinnerung an einen See-
sieg halten, wie es so einige an den Küsten Europas gibt. Der erste
Eindruck täuscht aber. Er ist, wie immer, falsch; die Verhältnisse
sind selten eindeutig oder plausibel. Denn die Nike-verwandte Sie-
gesfigur – oder ist es ein Engel? – erinnert an den Untergang des za-

ristischen Küstenpanzerschiffs *Rusalka*, 1893, im Sturm, zwischen den russischen Häfen Reval und Helsinki.

Das Schiff war die zaristische Imitation einer Hochtechnologiewaffe der Nordstaaten im amerikanischen Sezessionskrieg: des schwer gepanzerten Turmschiffs *Monitor*. Der Untergang schon dieses niederbordigen, hochseeuntauglichen US-Vorbildschiffs vor dem Cape Hatteras sollte klar gemacht haben, daß die gealterte, längst veraltete *Rusalka* bei hartem Wetter nichts auf dem Meer, nicht einmal dem baltischen, zu suchen hatte.

Und dann der Name! *Rusalkas* sind nixenähnliche Frauen, die ertranken oder ertränkt wurden, und dann Männer ins nasse Grab hinunter lockten, hinunter zogen – nachlesbar in Geschichten Puschkins und Gogols, verarbeitet von Dvořák zu einer Oper. Die zaristische Admiralität hatte den Schiffsnamen wohl nicht glücklich gewählt. Der Seemannsaberglaube jedenfalls wurde bestätigt. Kein Mann überlebte; nur eine Leiche gab das Meer frei. Ein Hundertprozentverlust. Das hat etwas besonders Finales: nicht eine einzige menschliche Stimme der Erinnerung.

Aber an das Panzerschiff wird noch gedacht in Estland, heute, in diesem geschichtsbewußten, durchmodernisierten Land, weit distanziert von Zarenreich und Sowjetmacht. Jedenfalls steht das Wrack mit dem Wassergeistnamen, wohlerhalten dank des Sankt Petersburger Stahls, senkrecht, den Bug tief begraben im Ostseesandboden, in vierundsiebzig Metern Tiefe. Es ist nicht vergessen, selbst über zwei untergegangene politische Systeme hinweg, dank einer geflügelten Siegesgöttin am Strand von Tallinn, die selbst ein Denkmal eines Denkmals ist.

Schleifenflug 1915

Daß die Welt ironisch verfaßt ist, steht außer Frage. Manchmal jedoch setzt sich auf die Grundironie eine weitere drauf; dann wird es, wenn schon nicht bedeutsam, so doch amüsant. Der Bauernsohn Adolphe Pegoud erwies sich schon kurz nach seiner Fliegerlizenzierung als Virtuose der Sensationen, den ersten Fallschirmabsprung aus einer Maschine wagend, diese dabei opfernd. Er flog, nach einem kurzen öffentlichen Bodentraining des Kopfunterseins, im Jahr vor dem Großen Krieg, den ersten *looping-the-loop*, diesen *stunt* dann vor Zuschauermassen von Flugtreffen wiederholend und perfektionierend. Das war seine Leistung, und zwar die entscheidende; daß ein russischer Flieger dies vor ihm getan hatte, zählte kaum, weil das außer seinem tadelnden Vorgesetzten niemand bemerkt hatte. Pegoud flog, selbstredend, dann für sein Land, den Kunstflug in militärische Dienste nehmend, und zwang sechs deutsche Aufklärungsaeroplane zur Landung. Abgeschossen wurde er selbst im zweiten Kriegsjahr – das nun ist die zweite Ironieebene – von einem seiner deutschen Schüler, der selbst Schleifenflieger geworden war, damals, im Frieden.

Schorpioen 1912

Wir waren vielleicht die lustlosesten Kolonialisten überhaupt. Zwei oder vier Opiumpillen, angeschmort vom *sarong*-bekleideten Burschen abends, feuchte Hitze von den *punkahs* zerwirbelt, die Plantagen für Tee und Gummi laufen von selber, *de beheerdes* sind fürs Grobe da, für das, was wir nie selbst tun würden mit Peitschen oder Brownings. Aber! wir haben gesorgt für die Verteidigung unseres Königreichs. Für die Panzerschiffe *Buffel* und *Schorpioen* haben nur wir bezahlt, damals, damit sie vorm *Rotterdamse Diep* zeigen können, daß wir Niederländer noch dazu gehören zu den Seemächten. Unsere Jungs schicken wir natürlich nach Hause, ins Haag oder aufs Technicum nach Eindhoven. Bloß dieser *grote koffieplanter*, Fokker aus Java – oder wars Soerabaja? –, der schickt seinen Sohn zum Automobillehrgang ins Reich nebenan, der büxt aus, natürlich, zu einem dieser neumodischen unsoliden zirkushaften Flugzeugkurse. Und natürlich läßt er sich bei einer dieser Fliegergaunerfirmen, *Goedeler* heißt sie wohl, eine Flugmaschine zusammenpfuschen – von Bootsbauern, notabene! Schwindler alles, Defraudanden, alle aus aufs Geld allzu gutgläubiger Plantagenkapitalistensöhne. Wir hatten uns damals mit großen Kosten um die Lebensfähigkeit *van het koloniale rijk* kümmern müssen, und nun so etwas.

Starfighter 1962

Es könnte die *lfdNr. 46* aus der Serie *Unheil: Die Formation folgt dem Führer* sein: Schiffsabteilungen, die zusammen in Minenfelder geraten, Geschwader, die, blindlings dem Kommandanten folgend, auf Felsen auflaufen, Flugzeugstaffeln, die gemeinsam abstürzen.
Das Muster hat seine Varianten. Hier nun müssen wir uns vier Höchstleistungsstrahlflugzeuge, *bemannte Raketen*, vorstellen, in Diamantformation: ein amerikanischer Fluglehrer, drei deutsche Fluglehreranwärter, zwei Meter Abstand zwischen den trapezförmigen Flügelstummeln, achthundert Stundenkilometer, kurvend, steigend: eine hochkomplexe Raumzeitbox. Natürlich schauen die drei nur auf den Führer. Puls 120, Seitenblicke gestohlen auf Instrumente, Böenstöße, Wolkenfetzen: Kein Gedanke an Navigation. Die Formation durchstößt die Wolkendecke: zu tief fürs Abfangen der Bewegung oder Ausweichen: dazu hat der stummelflüglige Jet einen viel

zu großen Kurvenradius. Vier Einschläge in einen Tagebau, tief hinein in die niederrheinische Braunkohle. *CFIT* heißt das im Fliegerjargon: *controlled flight into terrain*. Nichts wird geborgen, sie sind dort begraben, heißt es, bis zum heutigen Tage.

Geschehen ist dies im Juni 1962, bei der Übung für eine Luftfahrtshow. Der bundesdeutschen Öffentlichkeit war unbedingt zu zeigen, daß es eben keine Fehlentscheidung war, dieses amerikanische Schönwetterflugzeug zu kaufen, kein Ergebnis von Vorteilsnahmen, bestochenen, vielleicht erpreßten Politikern, Abhängigkeitsnetzen von Amtsträgern, auch befreundeten Ausländern, bezahlten Reisen, *kickbacks*, dubiosen Finanzierungen, Parteigeldbeschaffung, aber auch ehrlichen Bauchentscheidungen von Weltkriegspiloten, die der bestechenden technoiden Schönheit dieser bemannten Rakete mit ihrer zweieinhalbfachen Schallgeschwindigkeit verfallen waren. *Lockheeds* Wunderflugzeug, der *Starfighter F104G* mußte sich einfach einer unruhig gewordenen Öffentlichkeit zeigen. Der Plan: Den kleinlichen Kritikern war klar zu machen, daß nur Höchsttechnologie die bolschewistische Dampfwalze aufhalten konnte: Qualität statt des Luftwaffenäquivalents asiatischer Horden. Zeigen, was die deutsche Version dieser Supermaschine alles konnte: Abfangjäger, Uralbomber, tauglich für nordosteuropäisches Wetter, und dazu die *atomare Teilhabe* garantieren.

Überforderung hat ihren Preis, jenseits der *Kickback*kosten. Der verlorenen Viererformation folgten 269 weitere Starfighterwracks.

Tankette 1935

Tankettes gehörten zu den militärischen Obsessionen und Illusionen der Zeit zwischen den beiden großen Kriegen: kleine Ein-oder Zweimannpänzerchen, eigentlich geschützte, mechanisch mobile Einzelinfanteristen. Dieses Konzept schien wohl den kämpfenden Demokratien angemessen, die gegen die anonym krepierenden Massenarmeen intelligent und geschützt kämpfende Einzelne zu setzen unternahmen. Sir John Carden, ein exzentrischer *mad engineer*, der sich mit einem kaum weniger genialen Verkäufer, Vivian Loyd, zusammen getan hatte, war der Konstrukteur dieser eponymischen Tankette. Erfolgreich war dieser Kleinpanzerwagen nicht nur als Verkörperung einer attraktiven Militärdoktrin, sondern auch seines billigen Preises wegen.

Vielleicht als Teil von Abmachungen, die im Umfeld der umfangreichen Verkäufe des Geräts an die Regierungen des Vereinigten Königreichs getroffen worden waren, berichtete Sir John *en detail* von Reisen in das damals gerade aufrüstende Deutschland, und von dem beträchtlichen Interesse, das dort an den kleinen mobilen Kampfmaschinen bestand. Daß der britische Konstrukteur beim Absturz einer belgischen *Savoia-Marchetti*- Maschine über Südengland ums Leben kam, mochte mit seiner deutlichen Neugier an den neuen mobilen Divisionen des Deutschen Reiches zu tun gehabt haben, oder auch nicht. Eine handelnde Hand war *prima facie* jedenfalls nicht zu erkennen. Unbestreitbar jedoch ist, daß das Konzept der Tankettes im Verlauf des späteren Krieges sich als Irrweg gezeigt hat, und daß später daher nichts von dem möglicherweise Berichteten irgendwie von Wichtigkeit war.

Tinian 1945

Es passiert beim Start der *Enola Gay*, wie so oft bei diesem Muster. Einhundertfünf Prozent Startleistung, die Kühlung der Wrightmotoren unzureichend, Überhitzung des inneren Backbordmotors, der Motorblock ist aus Magnesium. Das brennt extrem heiß, kein Feuerlöscher hilft, beschrieben wird es als *ein unirdisches Gleißen*. Es brennt den Hauptholm der linken Tragfläche durch in vier Sekunden. Weiter müssen wir nichts wissen. Die Bombe detoniert nicht, sinkt vielmehr in den Pazifik auf achtzehnhundert Fuß. Kaum zu bergen, damals, 1945.

Oder:

Als die *Indianapolis* vom japanischen U-Boot *I-58* torpediert wird, in einem Seegebiet, das, so der Geheimdienst, sicher sei, völlig ohne Feindeinheiten, bemüht sich der Kapitän, seine Instruktionen, die deutlich genug waren, zur vollsten Zufriedenheit auszuführen. Die Bombe habe Priorität in den Rettungsbooten, vor allen Überlebenden im Ölschlick. Da aber, durch äußerste Geheimhaltung, niemand recht weiß, wo sich der Kreuzer befindet, hält ihn auch niemand für überfällig. Dazu das Übliche: ein unverschlüsselter Notruf wird verlegt, verschusselt, liegengelassen; und als am vierten Tag die meisten Überlebenden verdurstet, haigetötet, verloren sind, gibt es keine Bombe mehr.

Es war so, das wissen wir natürlich, nicht. Die Boeing, die Nadeln der Motortemperaturanzeigen zwar schon weit im roten Bereich, erfüllte ihre Aufgabe. Und der Kreuzer wurde erst torpediert, als er seine Bombenfracht auf Tinian schon abgeliefert hatte. Der Geschichtslauf, alles, hätte also nach einem Verlust der Bombe anders werden können.

Tatsächlich? Wahrscheinlich doch eher nicht, denn es gab GOttseidank eine zweite, *Fat Man*, die Plutoniumbombe.

Trickster 1912

Da fliegt 1912 ein wagemutiger Aeronaut mit einem Doppeldecker-Wasserflugzeug unter der Tower Bridge durch, und dann macht es ein Jetpilot, geübt im Tiefflug, 1968 nochmal, mit einer 800 Stundenkilometer-*Hawker Hunter*. Da durchbricht der Konstrukteur der revolutionären *Turbinia* die Kiellinie der Flottenparade zu Königin Victorias Thronjubiläum; kein Marineschiff kann das Boot stellen. Da wirft der Fliegerpoet Gabriele d'Annunzio Flugblätter über Wien ab, die die Kapitulation der Doppelmonarchie fordern; und er führt die k.u.k. Marine vor, beim kühnen *Beffe di Buccari*, einem Angriff mit *MAS*-Schnellbooten in einer geschützten Bucht. Da fährt der Flugpionier Santos Dumont in einem Kleinluftschiff, auf einem Fahrradrahmen hockend, in Baumhöhe durch die Pariser Boulevards, und läßt vor einem Café servieren.

Das sind gut erzählbare, amüsante Geschichten, aber was eint solche Aktionen? Es ist der Typus der Handelnden. Sie durchbrechen Regeln, unternehmen erstaunliche Aktionen, sie provozieren; und vor allem erregen sie Aufmerksamkeit. Kurz: sie handeln als *Trickster*. In jeder Kultur gibt es solche Figuren: Till Eulenspiegel, Reineke Fuchs, die irischen Leprechauns, Puck, der germanische Gott Loki. Und sie kommen immer wieder in der Geschichte der Mobilität zum Vorschein, auch in der Literatur, wie in der Erzählung *Der Kreuzweg als Bergauf-Fahrradrennen beschrieben* des Surrealisten Alfred Jarry.

Das alles wäre nun abzutun als Kuriosum, aber, Vorsicht: Der *Trickster* bewegt durchwegs etwas, bringt die Verhältnisse zum Tanzen, auch als *Geist der stets verneint,* und verändert den Lauf der Dinge. D'Annunzio erfindet die Propaganda aus der Luft, der halbbürgerliche Santos-Dumont und der Tower Bridge-Pilot propagieren ihre Leistungen als Flugpioniere. Charles Parsons, der Erfinder des Turbinen-Schiffsantriebes, ist zwar, als renommierter Ingenieur, ein wenig plausibler *Trickster*, aber seine freche Aktion, als Hofnarr vor den Augen der Königin, befördert die neue Antriebstechnik entscheidend.

Sind diese provokativen Figuren also Fortschrittsförderer? Wohl schon. Suchen wir nach ihnen, denn sie begleiten die Mobilitätsgeschichte. Ihre publikumswirksamen, disruptiven *stunts* mit Auto, Rad, Boot, Aeroplan sind oft genug Agenten des Wandels und seiner kulturellen Begleitung. Deshalb sollten wir den *Trickster* an die Seite des Wissenschaftlers und des geduldig kleinteilig arbeitenden Technikers stellen.

Trieste 1960

Nicht einmal Science Fiction-Autoren muteten ihren Lesern einen kabellosen Abstieg in die Meerestiefe zu. H.G. Wells ließ 1896 seine Tauchkugel am Drahtseil *in the Abyss* hinunter, so, wie andere Tiefseeforschungssonden, so, wie William Beebe seine berühmte Tauchkugel, die dann wieder Thomas Manns Adrian Leverkühn musikalisch inspirierte. Für die tiefsten Seegräben, weit unter der Zerdrückungstiefe jedes Unterseeboots, hing man immer am Kabel. Dann kam ein Schweizer Forscher, der große Erfahrung mit höchsten Höhen, mit Stratosphärenballons, mit bemannten Beinahe-Weltraumkapseln hatte; und der dachte den Abstieg in den inneren Weltraum neu. Er hängte eine Kugel an einen unten offenen Tank als Schwimmkörper, gefüllt mit Leichtbenzin, das im Wasser Auftrieb erzeugte – so offen unten wie seine Höhenballons, und ebenso beweglich.

Auguste Piccards Konzept wurde zu einem internationalen Projekt: schweizerische, amerikanische, französische und italienische Wissenschaftler; eine in Deutschland – bei Krupp – gegossene Kugel; das Gerät montiert in Triest, damals noch das *Freie Territorium Triest* zwischen den Machtblöcken. Schließlich, am Beginn dieser wunderbaren realtechnikphantastischen 1960er Jahre, die mit der Mondlandung endeten, kam der Abstieg, pilotiert vom Sohn des Erfinders, zum tiefsten Punkt der Erde, in den Marianengraben, fast elf Kilometer vertikal, bei einem Druck von mehr als tausend Tonnen auf den Quadratmeter. Das war ein Flug in die Tiefe, *Beweglich im Bewegten* – das Motto von Jules Vernes Kapitän *Nemo* – und in der dritten Stunde wieder aufgefahren in den Himmel der Oberfläche, hinauf in *the mysterious blackness of the watery sky*.

Zum Mond und zurück schafft es heute kein Mensch mehr, und erst seit sehr kurzem gelingt uns wieder der Abstieg ganz hinunter in die Tiefen des pazifischen Abgrunds, der 1960, in einer schon sehr fernen Zeit, möglich war; in einer Zeit mit weniger *Paradegäulen und Ecksteher der Geschichte*, mit einer tauchend-fliegenden Stratosphärenkugel.

Tu4 1947

Imitation von Technik – das sagt sich leicht; wie üblich: zu leicht. Tatsächlich kann das eine harte Ingenieursaufgabe sein. Das umfangreichste Rüstungsprojekt des Zweiten Krieges ist, notabene!, nicht die Atombombe, sondern ihr Träger. Die B29 ist ein höchstkomplexes Flugzeug, Druckkabine, ferngesteuerte, analogcomputergerichtete Abwehrwaffen, vier Dreifach-Neuzylinder-Doppelturbomotoren, kilometerlange Hydraulikleitungen und Stromkabel, kilometerlange Produktionshallen: nur Superlative, grade so eben machbar von der größten Industrienation.

Drei Exemplare des Bombers landen in der Sowjetunion, dem Kontrepart: gewaltige Kriegsverluste, zerstörte Anlagen, auf Verschleiß gefahrene Produktion, Hunger auch, Bedrohungen, hartes Leben. Nach drei Jahren fliegt der erste Doppelgänger, wird zum ersten Sowjet-Atombomber. Zollmaße auf metrische bringen, unterschiedliche Alublechstärken, fehlende Bauteile, Knappheiten und Komplexitätsreduktionen, 900 Fabriken, 105.000 Einzelpläne: Tupolevs Ingenieure waren Stoßarbeiter – *stachanowetz* – der Flugtechnik, kaum weniger als ihre amerikanischen Kollegen.

1947, bei der Luftschau in Tushino, unter Stalins Augen, fliegt die Tu4. Westliche Beobachter erwarten, man habe bloß die drei notgelandeten Maschinen flugfähig gemacht, doch dann folgt, mit Abstand, wohl inszeniert, Tusch in Tushino – kann man Wortspielen widerstehen? –, nach einer dramatischen Verzögerung: eine vierte Tu4.

Unapproachable 1906

Science Fiction, technische Utopien, Zukunftstechnik: Das verbinden wir doch eher mit Literatur, Filmen, Computerspielen. Aber wir müssen auch etwas ganz und gar Anderes in den Blick nehmen: die konkreten Fiktionen der Militärs.

John Fisher, *1st Baron of Kilverstone*, der exzentrische, cholerische, kreative, ungeduldige, intolerante *First Sea Lord*, will die perfekten Werkzeuge seiner Vision des künftigen Seekrieges und seiner taktischen Philosophie – *I hit first; II hit hard; III keep hitting* – entwerfen, Schiffe, die das Spiel ändern, in der unmittelbaren Zukunft, und für die kommenden zwanzig Jahre. Er fordert und kritzelt Schiffsutopien, die Admirale und Konstrukteure gleichermaßen irritieren und zu Kopfschütteln hinreißen. Die fiktiven Zukunftsschiffe der Royal Navy bekommen Namen: Das Superschlachtschiff ist *HMS Untakable*, der künftige schnelle Superkreuzer *HMS Unapproachable*. Aus Visionen, Modellrechnungen, Szenarien, Seeschlachtannahmen, Debatten entstehen neue Zukunftstypen, die tatsächlich alles Bisherige entwerten: 1906 das Großschlachtschiff, kurz darauf der Schlachtkreuzer.

Die deutsche Marine muß folgen. Der Kaiser, durchaus ähnlichen Temperaments wie Fisher, zeichnet Kreuzerentwürfe auf Telegraphenformularen, deutsche Versionen von *HMS Uncatchable*. Seine Utopien werden ausgebremst, scheinen unbrauchbar und unbaubar. Die deutschen Kriegsschiffe vor dem Großen Krieg sind dann doch eher konkrete technische Fiktionen der Vernünftigen.

Versuchsgleitboot No 1 1915

Was da vor dem Außenhafen von Pola glitt, raste, stob, fernab der neugierigen Augen illoyaler Untertanen des alten Kaisers, konnten nicht einmal die Offiziere von SM Küstenverteidiger *Wien* verstehen, der draußen ankerte. Sie sahen ein floßartiges, vage tragflächengeformtes Ding, das, mit einer unerhörten Rasanz auf seiner eigenen Gischt entlangzischend, keiner bekannten Gattung von Schiff oder Aeroplan angehörte. Als man vorsichtig – italienische Spione! – Erkundigungen einzog im Seearsenalskommando, erfuhr man, der Linienschiffsleutnant *Dagobert Müller*, geadelt als *von Thomamühl*, habe ein Versuchsgleitboot gebaut, das tatsächlich auf einem Gischt- oder Luftpolster über die Seeoberfläche gleiten könne, und dazu einen Torpedo der Versuchsanstalt *Fiume* tragen könne. Man hatte ihm immerhin fünf der kostbaren *Austro-Daimler*-Flugmotoren zur Verfügung gestellt, leihweise; aber dann wars auch gut. Daß die erfahrene ärarische Bürokratie ihn nicht etwa aktiv ausbremste, sondern bloß freundliches, völlig unverbindliches Kopfnicken bereithielt, war doch zu erwarten.

Außerdem war Müller, wie General *Stumm von Bordwehr*, der wissenschaftlich Taschenmesser sammelte und daher am Wiener Ballhausplatz als Intellektueller galt – dieser Müller nun war ein bekannter *Excentric*, einer von denen, die den eigenen Körper einsetzten für ihre ausgreifenden technischen Ideen, als er, der Kommandant der k.und k. Taucherschule, höchstselbst fünfzig Meter hinabstieg zum Adriaboden mit einem der neuen *Dräger*schen Sauerstoffapparate. Aber wozu nun dieses hochmerkwürdige Gleitboot? Panzerschiffe führen Krieg, nicht rasende Pontons.

Währenddessen waren die Ideen einiger Militäringenieure auf der Westseite der Adria nicht gar so anders als die des Polaer Seeoffiziers: kleine Torpedoträger, hohe Geschwindigkeit, Flugzeugmotoren, *hit and run*. Als Müller von Thomamühl unverdrossen schon an anderen Erfindungen arbeitete – neuartige Torpedos seien es, sagte man –, versenkte ein kleines italienisches Motorgleitboot das österreich-ungarische Schlachtschiff *Szent Istvan*, ein halbes Jahr vor dem Ende der Monarchie.

Vesuvius 1890

Das war schon ein Ding; kein Wunder, daß der Erfinder in den *US of A* gefeiert wurde, dieses kleine jachtähnliche Fahrzeug mit den drei großen Preßluftkanonenrohren, das, obwohl bloß Schießbaumwollgranaten schleudernd, als *Dynamitschiff* bekannt wurde. Es schoß Ziele aus alten Fässern in Stücke, versenkte probeweise ein Uraltschiff, und blies die spanische Flotte im Kubakrieg, dem ersten Imperialkrieg der Vereinigten Staaten, *to smithereens*, ein Schrecken der Meere und der Matrosen, und Anlaß für tiefes Stirnrunzeln der Konstrukteure von Panzerschiffen – und nun, für uns Historiker, eine tatsächlich disruptive Erfindung.

Nun, so hätte es kommen können. Listen der schlechtesten Schiffe der Seekriegsgeschichte nennen gerne die *Vesuvius*. Preßluft und Schießbaumwolle waren doch nicht recht disruptiv, sein genialischer Erfinder: nun ja: *die Herrschaft des Genies ein Puppenspiel*. Immerhin schwamm, fuhr – recht schnell –, schoß und traf das Schiff, aber *die schließliche Wirkung war materiell unbedeutend, wenn auch moralisch erheblich.*

War es die Summe kleiner Fehler, oder war eher die Gesamtidee ein Fehler? Überhaupt: Fehler? Liegen sie nicht doch eher im Auge des Betrachters? Schon wieder ein Aber: Diese Dynamitjacht war, immerhin, um ein Waffensystem herumkonstruiert worden – eine tatsächlich recht moderne Idee, wenn auch hier, im konkreten Fall, einer der eher unbeachteten Fehlschläge, von denen die Geschichte der Technik, grade auch der militärischen, überquillt, überbordet, verstopft wird. Im Fall der einzigartigen *Vesuvius* aber mit doch erfreulich unletalem Ergebnis.

Victoria 1893

Der Admiral, das wußten alle, die Matrosen, Offiziere, Kapitäne der Mittelmeerischen Station der Flotte Ihrer Majestät, war außerordentlich kompetent. Er war effizient und forderte Effizienz, hatte eine natürliche Autorität, erzwang nichts und bekam alles getan, ein Modell eines modernen Kontreadmirals, nicht mehr einer ruhmreichen Segelschiffszeit nachtrauernd wie seine Kameraden, dafür seine Flotte stählerner Monstren mit Monsterkanonen – *schwimmenden Fabriken,* so Friedrich Engels' befriedigtes Diktum – dirigierend wie ein Orchester. Bewunderung und Ehrfurcht erzwang er nicht, sondern bekam sie dargebracht von seinen Untergebenen, so daß niemand an seinem Befehl zweifelte, an diesem blauweißen Mittelmeertag.

Das Kommando, die Panzerschiffe – schwarze Rümpfe, grellweiße Aufbauten, gelbe Schornsteine, mattschwarze Geschützmündungen – in enger Gefechtsformation in zwei Kiellinien laufend, eng aufeinander einzudrehen, wurde ausgeführt. Die Erwartung, auch dieses Manöver verliefe in der üblichen verknappten Eleganz, wurde nicht erfüllt. Das Dwarsschiff *Camperdown*, wenige Kabellängen entfernt, eng im Drehkreis, schnitt seinen scharfen Rammbug in die Stahlflanke des Admiralsschiffs *Victoria*, damit wieder einmal alle Kritiker der Rammtaktik enttäuschend. Dann brach das Mittelmeer ein, das Gewicht der Riesenkanonen wirkte, und Admiral Tryon ging so effizient zugrunde, und führte seine Besatzung so wirksam den augenlosen Scharen der Ertrunkenen zu, wie er bisher kommandiert hatte, und das sogar noch mit einem passenden zitierbaren *Letzten Wort*, mit dem er seine Schuld bekannte.

Wapiti 1928

Der Krieg brachte uns den *defence of the realm act*, die Wehrpflicht, mit der wunderbaren Wahlmöglichkeit: entweder freiwillig melden, oder man wird einberufen. Heute ist das anders. Dabei war unser Empire nie größer. Der Weltkrieg brachte uns Gewinne, *windfall profits*, und auch ein paar Problemfälle, zwischen Jordan und Meer zum Beispiel, aber unsere britischen Arbeiter wollen ja nicht mehr kämpfen, sie wollen einfach nicht – nicht mal gegen die Bolshewiki antreten, nicht mal die irischen Rebellen erschießen; schauen Sie doch, wer sich zu den *black and tans* gemeldet hat. Nein, Spezialisten sind heute, 1928, nötig, das hat uns der Krieg gelehrt, Panzerautomobilisten, Flieger vor allem, gut bezahlte Mechaniker, Piloten für unsere neuen Wapiti-Zweisitzer, die mit den breiten oberen Tragflächen. Man kann da *im Schatten sitzen und auf Eingeborene schießen*, ha. Und immer wieder dieses verdammte Afghanistan, Pashtunistan, aber jetzt ist alles anders. Sie haben ja gehört, daß eine einzige Wapiti über dem Palast diesem Emir den Schrecken des *Shaijtan* eingepflanzt hat, oder, *in plain English, scared the shit out of him*. Und die Evakuierung der Botschaft, alles reibungslos: 25 Botschaftsleute im Rumpfbauch unserer neuen *Vickers Victoria*. Nie wieder werden unsere Leute so elend draufgehen wie 1842, als bloß einer zurück kam, dieser Dr. Brydon, oder wie 1880, damals bei Maiwand. Nein, wir haben doch jetzt die *Royal Air Force*.

Will'o the Wisp 1864

Dieser vierjährige Krieg – genannt: der *zwischen den Staaten; Bürgerkrieg;* oder *Sezessionskrieg*, je nach Sympathie für die Sache der *Southern state rights* oder nach Widerwillen gegen eine besondere Form der persönlichen Abhängigkeit – er brachte manche Merkwürdigkeiten hervor. Die Blockade der konföderierten Küste durch die weit überlegene Unionsflotte zeugte die Schiffsgattung der Blockadebrecher. Spekulationsbauten im englischen Birkenhead waren das meistens, finanziert durch Risikokapitalgeber, bemannt mit patentlosen Kapitänsbetrügern, Kneipenschwätzern und Kleingaunern. Zwei Fahrten bloß – manchmal mit Wundcharpie, Feldchirurgenbestecken, *Sharps*gewehren oder Salpeterfässern, viel öfter mit Champagner und Samtbändern – nach Charleston hinein, zurück mit hochgetürmten Baumwollballen an Deck für die nordenglischen Webstühle.

Diese Fahrten, diese Abenteuer, in mondlosen Nächten, mitten durch die blockierende Unionsflotte, bezahlten Landhäuser in Sussex, während wütende evangelikale Prediger in Manchester die Sklaverei in der Konföderation verdammten und Geld für den Norden sammelten. Es war ein großes Spiel, jedesmal neu, aber selten tödlich, denn die *blockade runner* waren Nichtkombattanten, unbewaffnet. Sie warfen nun mal große Vermögen ab, auch kleinen Wohlstand für Liverpooler Kleingangster, wenn es gut ging. Wenn nicht: ein Wrack auf den Sänden der *Outer Banks* vor South Carolina, Jahre in einem Unionsgefangenenlager.

Will o'the Wisp war eines von diesen Clydeschiffen: ein yachtähnlicher, scharf gebauter Seitenraddampfer, mit Hochtechnologie-Dampfmaschine, beste walisische rauchlose Anthrazitkohle feuernd, zwei unvereinbare Eigenschaften vereinend: Geschwindigkeit und Frachtschleppen. Mattschwarz gemalt für nächtliche Schleichfahrten, elegante Schräge von Masten und Kamin, technisch hochgezüchtet, schließlich aber doch auf die Küste vor Galveston gehetzt und gestrandet. Ein ausgesprochen anmutiges Schiff, aber ohne Nachfolger. Letztlich war *Will o'the Wisp* typisch für einen wenig bedeutsamen, fast folgenlosen Pfad der Schiffsentwicklung – auf deutsch: ein Irrlicht.

Wolken 1911

War es Flugmythologie oder gab es einen vernünftigen Kern? Wer in eine Wolke hinein fliegt, um 1910, fordert das Schicksal heraus. Die Maschine stürzt, kommt trudelnd zum Vorschein, kann nicht wieder eingefangen werden. Der Kompaß kreiselt, die Maschine überschlägt sich. Entsetzen und Horror in den Gesichtszügen des toten Piloten am Boden. Den Fliegern ist klar, daß wohl unbekannte und gefährliche Kräfte im Inneren der so friedlich ausschauenden weißgrauen Cumuli wirken müssen. Manchmal, so die Fama, bleiben sie sogar drin in den Wolken, bleiben oben und tauchen nie wieder auf. Der Himmel ist der gespiegelte Meeresboden verlorener Wracks.

Das bleibt, auch als kühne Piloten das Wagnis eingehen und überleben, um Erfahrungen ihres Eintauchens ins Wattige, Sichtlose, Weiß-Irritierende zu berichten. Conan Doyle erzählt in *Horror of the Heights* von den gefährlichen Dschungeln des Himmels, und vom spiralenden Entkommen hinunter zur Erde. Roald Dahl, *Hurricane*-Pilot Jahrzehnte später, arbeitet am Mythos des Obenbleibens und des Himmels der vermißten Flieger.

Hilft Aufklärung? Der deutsche Rekordflieger Hellmuth Hirth beobachtet und versteht, was sich da tut in den Cumuli: Das Flugzeug wird instabil, will ausbrechen; der Horizont als Bezugspunkt fehlt dem irritierten Flieger. Hirth nun hört im weißen Nebel auf seinen Motor: er dreht gleichmäßig; er schaut auf seine Taschenuhrkette: ein Lagependel; er aktiviert seinen Orientierungssinn; er weiß schließlich, wie der Aeroplan orientiert ist im Dreidimensionalen.

Nun, auch wenn er, der Pionier, seinen Aviatikerkameraden Mut macht, und der Wolkenflug dann recht bald zur Routine wird; auch wenn im Krieg Piloten lernen, sich in den Wolken zu verstecken: Bis zur Entwicklung des Instrumentenfluges – was wir als *Blindflug* kennen –, bleibt Unbehagen. Magie, Aberglaube, Mythen sind Teil der Frühgeschichte der Luftfahrt. Verwundert uns das, in Anbetracht der Unbeherrschbarkeit der fragilen Aeroplane und der vielen Opfer des Fortschritts der Aeronautik?

Zwei Nusrets 1915

Welche Schiffsnamen kennt man? Es sind wenige, herausragend meistens durch katastrophisches Geschehen, die *Titanic*, die *Wilhelm Gustloff*, die *Exxon Valdez*. Oft sind es spektakuläre bedeutungsaufgeladene Kriegsschiffsmonstren, die *Bismarck*, die *Hood*, die *Tirpitz*, die man kennt oder zu kennen meint. Nationale Kulturen prägen und steuern dies natürlich. Deshalb kennt man in der Türkei die *Nusret*, bei uns aber gar nicht, obwohl sie von der Kieler *Germaniawerft* gebaut wurde, ein kleiner, gerade mal vierzig Meter langer

Minenleger, der, nach Istanbul überführt, dann, 1915, mit deutschen und türkischen Offizieren, die Dardanellen zu verteidigen half. Der Schiffsvorstoß gegen die Meerengen ging für die vereinigte französisch-britische Flotte unglücklich, ja sogar schlimm aus. Ein paar Dutzend Minen der *Nusret*, in einer Märznacht geworfen, versenkten zwei britische Schlachtschiffe, *Irresistible* und *Ocean*, dazu ein französisches, *Bouvet*, und beschädigten den neuesten britischen Schlachtkreuzer *Inflexible* übel. Die Geschichte des Weltkrieges nahm eine Wende.

Das kleine deutsch-osmanische Schiff erlitt oder erlebte nun aber das übliche Schiffsschicksal der De-Heroisierung: Es wurde nach den Gallipoli-Schlachten demobilisiert, umgebaut, dann lange genutzt und vernutzt im schäbigen Transportalltag am Bosporus, bis es unheroisch sank. Das Wrack wurde gehoben, wiederentdeckt als maritime Ikone des türkischen Selbstbewußtseins und als materielles Symbol der Behauptung gegen den Westen, in der Schlacht von Çanakkale im *Großen Krieg*. Dafür war das gesunkene, mehrmals umgebaute kleine Schiff nun aber wenig präsentabel. Etwas Repräsentativeres war gefordert: ein Neubau. Es gibt nun zwei *Nusrets*, die originale, veränderte, reparierte; und eine wunderbare neue, Originalität simulierende. Welcher wenden wir unsere Sympathie zu? Beide sind nun, wenig überraschend, Museumsschiffe.

Statt eines Nachworts: Technikenden

Das ist, zugegeben, eines Technikhistorikers, der sich vor Jahrzehnten einmal selbst erziehen wollte mit Arno Schmidts durchaus fragwürdiger Maxime des *kein Vaterland, keine Freunde, keine Religion*, doch nicht würdig – aber im Gedächtnis, nicht dem kollektiven, sondern dem ganz subjektiven, blieb dies:

- der Aufstieg im Kühlturm des Kernkraftwerks von Philippsburg, und später der Blick direkt hinunter auf den heißen Kern;
- die Einfahrt, einen Kilometer vertikal, im fast freien Fall des Gitterkorbs, vor die Kohle, vor die harsche Schrämmaschine, auf Zeche *Pattberg-Rheinpreußen*;
- der *hindugotische* Bahnhof von Old Delhi Junction, bei der Nachteinfahrt des *Grand Trunk Express* aus Gwaliore und Chittaranjan, tausend Kilometer durch die Hitzenacht, die Silbernase der Breitspur-*WP*-Dampflokomotive verdreckt und insektenverkrustet, drei Mann auf dem Tender, Kohlebrocken zerschlagend;
- die deutsch-indische Turboprop zwischen den Himalayavorbergen, ohne Druckkabine, Böen von allen Seiten, auspariert von den Fünfhundert-Kilowatt *Garratt*-Propellerturbinen;
- der Flug mit einem offenen Torpedodoppeldecker, nach dem Anlaßzeremoniell des Pegasus-Neunzylinders, hustend aus seinen achtundzwanzig Liter Hubvolumen.

Nun, das Kernkraftwerk ist geschleift; die Zeche ist Geschichte; die WP steht im Eisenbahnmuseum von Chanakyapuri; und die *Hindustan-Dornier 228* ist wahrscheinlich längst abgelöst. Wir erinnern uns doch viel mehr – lieber auch? – an Anfänge: an die ersten Boote, die ersten Autos, die ersten Alpenflüge. Enden sind, so die Natur der Sache, weniger angenehm, auch schwieriger vorhersag- und erkennbar. Sie waren es auch damals nicht, als ich tief gebeugt vor dem staubdunstigen Kohleflöz stand, oder unbehaglich mit der *Fairey Swordfish* über Ostengland geschaukelt wurde, oder als Daimler und Chrysler ihre *Hochzeit im Himmel* feiern wollten. Ob diese Ehe in einer unschönen Scheidung mit teurer Haushaltstrennung endet; ob Sicherheiten ins Unsichere abrutschen; ob Katastrophen den willkommenen Abbruch einer unbequem gewordenen Entwicklung bedeuten, wie bei der *Concorde*, oder Weiterentwicklungen stimulieren, oder auch völlig bedeutungslos sind; ob Veraltetes, als veraltet Erklärtes oder unerwünscht Schlicht-Funktionales im Museum landet, im *Entsorgungspark* oder einer westafrikanischen Megastadt; ob politische Vorgaben Technikabbrüche erzwingen oder sich als Illusionen herausstellen – final ist das schwer verstehbar: *Ein lächerliches Ringen gegen ein ehernes Gesetz.* Der letzte Wagen ist, so Gunter Gabriel, eben *immer ein Kombi.*

Anmerkungen und Leseempfehlungen

Ich danke meinem alten Freund Dr. Rüdiger Welter
herzlich für seine kritisch-konstruktive Lektüre der
Wasser- und Luft-*Cornichons*!

Alle Schiffsdaten nach Conway's All the World Fighting Ships 1860-1906,
London 1979

AC47 1963
AC47 basierte auf dem Transportflugzeug C47, dieses auf dem Passagier-
flugzeug Douglas DC3. Puff the Magic Dragon: ein Lied von Peter Yarrow,
gesungen von *Peter, Paul and Mary,* 1963
Leseempfehlung: Martin van Creveld, The Culture of War, 2008

Aeropittura
schöner als die Nike von Samothrake; Automobile, die *wie auf Kartätschen
laufen scheinen:* aus Marinettis *Manifest des Futurismus,* 1909

AF447 2009
kursiv: übersetzte Stimmen der Piloten aus dem geborgenen *voice recorder*

Airmen 1922
Modern Memory: Leseempfehlung: Paul Fussell, The Great War and Modern
Memory, 1979;
T.E. Lawrence, *The Mint,* posthum 1955; Kurt Möser, T.E. Lawrences Motor-
rad. In: Neue Grauzonen der Technikgeschichte, 2018

Alabama 1863
Leseempfehlung: Raphael Semmes, Memories of Service Afloat During the
War Between the States, 1869

Antoinette 1902

zu Octave Mirbeau: Knall auf Motor – Die Liebesaffäre von Künstlern und Dichtern mit Motorfahrzeugen 1900-1930, in: Kurt Möser, Über Mobilität. Historisches zu Techniken, Kulturen und Utopien der Fortbewegung, 2022

The Apse Familiy 1906

Leseempfehlung: Joseph Conrad, The Brute, 1906

Avenger 1945

Flight 19 der fünf Torpedobomber *TBF Avenger* verschwand am 5.12.1945 vor Florida im sogenannten Bermudadreieck

Berwick 1942

Der Flug fand am 16./17.1.1942 statt

Bodrog 1914

Der Donaumonitor Bodrog, Stapellauf am 19.4.1904, überlebte den Weltkrieg, diente als *Sava* im Königreich der Serben, dann im späteren Jugoslavien, und ist heute Museumsschiff in Belgrad

Brescia 1909

Franz Kafka, Die Aeroplane von Brescia. Bohemia, 29.9.1909. Leseempfehlung: Peter Demetz, Die Flugschau von Brescia. Kafka, d'Annunzio und die Männer, die vom Himmel fielen. Wien 2002

Cargolifter 1981

Leseempfehlung: William Gibson, Gernsback Continuum. In: Mirrorshades. The Cyberpunk Anthology, 1986

Churchill 1878

Winston S. Churchill, My Early Life, 1930
red with the wreck:

The sand of the desert is sodden red, –
Red with the wreck of a square that broke; –
The Gatling's jammed and the colonel dead,
And the regiment blind with dust and smoke.
The river of death has brimmed his banks,
And England's far, and Honour a name,
But the voice of schoolboy rallies the ranks,
"Play up! play up! and play the game!

Henry Newbolt, Vitai Lampada, 1892

Corsair 1938

Corsair landete auf dem Dungu River am 14.3.1939. Zweiter, erfolgreicher Start am 13.1.1940

Leseempfehlung: Graham Coster, Corsairville. The Lost Domain of the Flying Boat, 2000

Deruluft

diese großen stählernen Burschen... Bertolt Brecht, Müllers natürliche Haltung, *1928*

unten in Lipetsk: im sowjetischen Lipetsk betrieben deutsche Reichsbehörden mit Wissen oder Duldung oder Regierungsplanung ein gemeinsames Flugerprobungs- und Ausbildungszentrum mit der Roten Luftwaffe

DFW VIII 1919

Oberwiesenfeld, 11.5.1919

Diesel 1913

Permaneder-Typen: Herr Permaneder, zweiter Ehemann der glücklosen Tony Buddenbrook

Rudolf Diesel verschwand am 29.9.1913 von Bord der *Dresden*

Dixmude

LZ117 der Zeppelinwerke hatte die Marinekennzeichnung L72

Doterel 1881

Angriffe der Fenians auf kanadisches Gebiet erfolgten 1866, 1870 und 1871. *Fenian Ram* war ein von John Holland konstruiertes Unterseeboot. Stapellauf 1881.

Limeys: Spottname für britische Matrosen, nach ihrem Getränk *lime juice*: Mittel gegen Skorbut

Leseempfehlung: Joseph and Thomas Thatcher, Confederate Coal Torpedo: Thomas Courtenay's Infernal Sabotage Weapon, 2011

Douhet 1921

Il dominio dell'aria erschien 1921, die deutsche Übersetzung, *Luftherrschaft*, 1935

Leseempfehlung, W.E.Sebald, Luftkrieg und Literatur, 1999

Dragon Rapide 1954

Erste Crashlandung am 23.1.1954, zweite am 25.1.1954

Die Dampfpinasse war die *Murchinson: a wonderful launch, fairly old-fashioned in lines, and we later found that it was the vessel which had been used in the motion picture called The African Queen*. Ernest Hemingway.

DVII 1918

Das Vergleichsfliegen von 23 Typen fand Ende Januar 1918 in Adlershof statt. Leseempfehlung: Kurt Möser, Junkers und Fokker – Technologien und Innovationen der Luftfahrtmoderne. Im Ausstellungskatalog des Bauhaus Dessau, Große Pläne! Moderne Typen, Fantasten und Erfinder, 2016

Der Waffenstillstandsvertrag forderte in Punkt 4 die Ablieferung von *1,700 airplanes, fighters, bombers – firstly, all of the D 7's*

E.F. 1987

Die *BAC 1-11* der Gesellschaft *Paninternational* stürzte am 6.9.1971 nahe Hamburg auf die Autobahn. Die *Cessna 507 Citation* stürzte mit Uwe Barschel am 31.5.1987 am Flughafen Lübeck ab

Eole 1897

Pariser Metro, Station *Arts et métiers*, Linien 3 und 11

Fi103 1944

Leseempfehlung: R.V. Jones, Most Secret War, 1987. Später kamen noch mehr Informationen zum Doublecross-System ans Licht: Terry Crowdy: *Deceiving Hitler: Double-Cross and Deception in World War II,* 2011

Flak 1916

guter Meister zweiten Ranges: Arno Schmidts Bezeichnung unbekannter, aber interessanter Autoren. Der Waldbrand, oder Vom Grinsen des Weisen, 1959

Franz Richard Behrens, Blutblüte. Gesammelte Gedichte, 1995

Flore 1971

Minerve, Stapellauf am 31.5.1961, gesunken am 27.1.1968. Das Wrack wurde erst am 22.7.2019 südlich Toulon entdeckt.

Erydice, Stapellauf am 19.6.1960, gesunken am 4.3.1970, entdeckt am 22.4.1970, die Teile nahe einem Krater in Tiefen zwischen 600 und 1100 m.

Flore, Stapellauf am 14.5.1960, Unfall am 19.2.1971 Museumsschiff seit 2020

Ford 1929

Fords *disassembly line* ist auf einem youtube-Video zu sehen: https://www.youtube.com/watch?v=qNRt2JLcw9Y. Einige Zitate des fiktiven Ingenieurs stammen von dem Erfinder der Arbeitswissenschaft, F.W.Taylor

Gefion 1849

Gefecht von Eckernförde am 5.4.1849. Die Fregatte lief am 27.9.1843 in Kopenhagen vom Stapel. Vergeblicher dänischer Rückeroberungsversuch 1850, als *Eckernförde* in der Marine des Deutschen Bundes, 1852 wieder als *Gefion*, der Preußischen Marine, 1891 in Kiel abgewrackt.

Leseempfehlung: Eine literarische Verarbeitung des Eckernförde-Gefechts in C. Jensen, Wir Ertrunkenen, 2006; zu 1849: Friedrich Engels, Die deutsche Reichsverfassungskampagne, 1850

Gfk

Eine Geschichte des Kunststoffbootsbaus für Sportboote gibt es noch nicht.

Polymers are forever: Kapitel in Alan Weisman, The World Without us, 2007

Goliath 1922

Kollision nahe Grandvilliers, Picardie, am 7.4.1922

Grand Hotel 1892

Stapellauf am 29.9.1886, Kollision mit *Maréchal Canrobert* am 7.7.1892, als Zielschiff versenkt am 25.11.1913

Huascar 1865

Zum Anschauen: Das Gemälde *Die Huascar versenkt die Esmeralda* von Thomas Somerscale 1878, Museo Nacional de Bellas Artes, Santiago

Hulk 1918

Davy Jones' Locker: Slangausdruck für Seemannsgrab – die Kiste des Meeresteufels

I-180 1938

Absturz am Zentralen M.-W.-Frunse-Flughafen Moskau, am 15.12.1938, -15 Grad Außentemperatur

Genosse Mauser:

> *Schluß mit dem Zank und Gezauder.*
> *Still da, ihr Redner!*
> *Du hast das Wort,*
> *rede, Genosse Mauser!*

Wladimir Majakowski, Linker Marsch.

Lubjanka und *Bolschoi Dom*: KGB-Hauptquartiere

Schlacht gegen das Primitive: Bertolt Brecht, Der Lindberghflug. Vertont von Kurt Weill, 1929

So, wie die Erde ist ... Bertolt Brecht, Erziehung der Hirse, 1951

Kaiser Max 1862

Stapellauf am 14.3.1862, Wiedergeburts-Stapellauf am 28.12.1875

Kriegsdrachen 1899

Leseempfehlung: Garry Jenkins, *„Colonel" Cody and the Flying Cathedral: The Adventures of the Cowboy Who Conquered Britain's Skies,* 2000

Kurita 1944

Die größten Begebenheiten ereignen sich... Lichtenberg, Sudelbuch K, 170
Kuritas Flaggschiff *Atago* wurde am 23.10.1944 in der Palawanstrait torpediert. 360 Tote

Leonardo da Vinci 1915

Stapellauf am 14.10.1911, Explosion am 2.8.1916, zum Verschrotten vorgesehen im März 1923

Liberté 1911

Liberté flog am 25.9.1911 in die Luft, Iéna am 12.3.1907

Lo! 1941

Ernst Udet, Pour le Mérite, 62 Abschüsse, tötete sich selbst am 17.11.1941.
Zum Münchener Modellbauclub: Ernst Udet, Kreuz wider Kokarde, 1918.
Sein Münchener Modellbaukumpel ist fiktiv.

Lokomotivtorpedos 1940

Oslofjord, Drøbak-Enge, 9.4.1940

Loodiana 1910

Stapellauf am 19.12.1884, spurlos verschwunden nach dem 10.1.1910

LVG 1919

insurrektionelle Schwerfälligkeit: Michail Bakunin
Militärrevolte: Walter Rathenau

Magdeburg 1914

Stapellauf am 13.5.1911, aufgelaufen am 26.8.1914. Richard Habenicht, Kapitän z.S., geflohen aus Sibirien im März 1918, gestorben am 28.04.18.

Innerer Monolog: fiktiv.

Minenfeldkarten und Chiffrierunterlagen wurden an Bord gefunden, das Signalbuch wurde durch russische Taucher geborgen und den Briten übergeben. *Im Besitze der wichtigsten deutschen Schlüssel konnten die Briten die abgehörten deutschen Funksprüche entschlüsseln und auf diese Weise von den Operationsbefehlen und Absichten Kenntnis erlagen, so Janes War at Sea, 1897 to 1997.* Das Mitlesen des deutschen Marinesignalverkehrs beeinflußte den Seekrieg entscheidend.

Magenta 1875

Explosion in Toulon am 31.10.1875.

Leseempfehlung: Victor Hugo, *Les Travailleurs de la mer,* 1866; Kurt Möser, Tiefenerfahrung. Zur Geschichte der Tauchtechnik. In der Zeitschrift Technikgeschichte, 1992

Masut 2024

Leseempfehlung: Gavin Pinney, The Cloudspotter's Guide, 2007, deutsch Wolkengucken, 2009

Maximilian 1867

Leseempfehlung: Brigitte Hamann, Mit Kaiser Max in Mexiko, 1983
Touristische Empfehlung: Schloß Miramar nahe Triest

Miss England II 1930

das schönste Boot: ... *perhaps the most beautiful speedboat ever built ... looked like a white ghost, its wings of spray spread wide, its engines droning – a thing of beauty, symmetry, flawless grace.* Henry Segrave,
https://www.speedace.info/henry_segrave.htm

Leseempfehlung: Kurt Möser, Vittoriale und Bauhaus. In: Grauzonen der Technikgeschichte, 2011

Monmouth 1915

Stapellauf 13.11.1901, versenkt in der Schlacht von Coronel, 1.11.1914

Multiplace de combat 1920er

Typische Flugzeuge dieser Gattung waren *Farman 220*, oder *Amiot 143*. Sie gelten als un-aerodynamisch und recht häßlich, abgesehen von ihren taktischen Eigenschaften

Nautilus 1958

Stapellauf am 21.1.1954. Die unkonventionelle Leckdichtung erfolgte am 24.4.1958, der Nordpol wurde am 3.8.1958 erreicht.

Neptune 1903

ein Teil der großen...: nun ist das Böse auf Erden allerdings ein Teil der großen weltgeschichtliche Ökonomie. Jakob Burckhardt, Über Glück und Unglück in der Weltgeschichte. Weltgeschichtliche Betrachtungen, 1905
Drei Stapellauf-Versuche zwischen 16.7. und 10.9.1874, als *Independencia*

Newport 1956

Schwierigkeiten häufen sich: Clausewitz, Vom Kriege
Am 18.3.1956 wurden 15 Zerstörer in Newport/Rhode Island beschädigt, vier liefen auf Grund.

Noratlas 1961

Jagdbombergeschwader 34, Memmingerberg, 5.12.1961, 3 Uhr nachmittags

Northumbria 1969

Esso Northumbria, auch genannt *Big Geordie*, Stapellauf 2.5.1969, abgewrackt in Taiwan 1982.
Roll, Northumbria, roll: https://www.youtube.com/watch?v=Jub-sXFRLFQ

Oldenburg 1886

Stapellauf am 20.12.1886, aufgelaufen 1913, abgewrackt irgendwann 1919

Palmcrantz 1895

Helge Palmcrantz' Patent auf seine mehrläufige Mitrailleuse 1873, Mähbinderpatent 1876

Panther 1911

Kriegsminister Berteaux wurde beim Flugunfall am 21.5.1911 getötet. Der Unglückspilot war Louis Train. SMS Panther traf am 1.7.1911 in Agadir ein. Ein schutzbedürftiger deutscher Staatsbürger, die Entsendungsbegründung, war zunächst nicht auffindbar.

Parashjutny 1937

Der Fallschirmturm im *Park Kulturi* wurde inzwischen rekonstruiert.
Beim Angriff auf Kreta mit Fallschirmjägern und Lastenseglern fielen 3700 Deutsche. Der Versuch, mit Fallschirmtruppen die Brücke von Arnheim zu erobern – *Operation Market Garden* –, bewirkte 2500 britische Gefallene.
ikarische Spiele: Ernst Jünger, Die veränderte Welt, 1932

Pinguin 1915

Leseempfehlung: Kurt Möser, Fahren und Fliegen in Frieden und Krieg, 2010

Pluto 1961

Am *Project Pluto* wurde zwischen 1957 und Juli 1964 gearbeitet. Danach setzte das *Strategic Air Command* auf Interkontinentalraketen.

Powerful 1895

Stapellauf am 24.7.1895
blos zeigen, wie es eigentlich gewesen: Man hat der Historie das Amt, die Vergangenheit zu richten, die Mitwelt zum Nutzen zukünftiger Jahre zu belehren, beigemessen: so hoher Aemter unterwindet sich gegenwärtiger Versuch nicht: er will blos zeigen, wie es eigentlich gewesen. Ranke, Vorrede zu Geschichten der romanischen und germanischen Völker, 1824
aufschlecken wie ein Armadillo die Ameisen: Admiral John Fishers Forderung an die Konstruktion eines Schlachtkreuzers

Prinz Adalbert 1870
nicht mehr ganz auf der Höhe: König Wilhelm über seinen Marinechef
liederlich zusammengebaut: deutsche Wikipedia
Friedrich Carl havarierte die Schraube am 15.5.1869

Propeller 1911
Ludwig Wittgensteins Patent *27087* beschreibt einen Blattspitzenantrieb für
Luftschrauben, entweder durch Verbrennungskammern – faktisch kleine
Staustrahltriebwerke – oder einfach durch Ausströmöffnungen, wobei die
Gase eines externen Triebwerks durch Leitungen im Propeller geführt wer-
den sollten.

R100 1930
Absturz des Luftschiffs R101 bei Beauvais am 6.10.1930 gegen 2 Uhr.
Die Verschrottung von R100 begann am 16.11.1931.
ever closer union: ein Anachronismus, zugegeben. Steht im EU-Vertrag von
Lissabon 2009

Rodra 1926
Leseempfehlung: Die Kategorie des Ausgesetztseins wird diskutiert von
John Keegan, The Face of Battle, 1976

Rumrunner
Rumrunner ist auch, wie könnte es anders sein, ein Drink. 1 Teil weißer
Rum, 1 Teil brauner Rum, 1 Teil Ananassaft, Orangensaft nach Belieben, et-
was Limettensaft, etwas Angostura, wer es mag

Rusalka 1893
Stapellauf am 11.6.1864, Untergang vermutlich am 7. oder 8.9.1893.
Touristische Empfehlung: Das Denkmal, entworfen von Amandus Adam-
son, errichtet 1902, am Strand des Stadtteils Kadriorg.
Leseempfehlung: Das Gedicht Die Russalka von Alexander Puschkin:

> ...Und wieder aus dem Flutenreich
> Taucht in des Mondenlichts Gefunkel

Die Maid berauschend schön und bleich.

...

Sie seufzt und blickt zum Sternenbogen,
Sie flüstert: „Mönch, zu mir, zu mir!"
Und jach verschlingen sie die Wogen
Und Schweigen herrscht im Waldrevier.

...

Und als der Sonne Purpurgluten
Die Nacht verscheucht, da ward die Schar
Der Fischerkinder in den Fluten
Nur einen greisen Bart gewahr ...

(übersetzt von Friedrich Fiedler, vor 1900)

Schleifenflug 1915

Adolphe Pégoud flog am 13.8.1913 die zweite Schleife, nach einem russischen
Pilot, Pjotr Nesterow. Pégout wurde am 31.8.1915 von seinem Schüler Otto
Kandulski abgeschossen.

Schorpioen 1912

Das *Ramtorenschep Schorpioen* lief in Toulon am 1.10 1868 vom Stapel.
Touristische Empfehlung: zu besichtigen im Marinemuseum in Den Helder.
Anthony Fokker ließ sein erstes, erfolgreiches Flugzeug *Spin* – Spinne – bei
den *J.Goedecker Flugmaschinenwerken* bauen, finanziert von seinem Vater.

Starfighter 1962

Die Vierergruppe stürzte am 19.6.1962 in Balkhausen bei Kerpen ab

Tankette 1935

Sir John Carden wurde am 10.12.1935 beim Absturz der dreimotorigen *Sabe-na*-Maschine nahe Tadfield getötet

Tinian 1945

USS Indianapolis lieferte am 26.7.1945 die Bombe auf Tinian ab: *Operation
Bowery*. Sie wurde am 30.Juli 1945 torpediert. 880 Tote.

Trieste 1960

Die Trieste tauchte am 23.1.1960 auf 10916 m im Marianengraben.

Tu4 1947

Die Tu4 wurde am 3.8.1947 bei der Luftfahrtschau in Tushino gezeigt. Ein Flugzeug warf am 18.10.1951 die erste sowjetische Atombombe über dem Testgebiet von Semipalatinsk ab.

Touristische Empfehlung: Ein Exemplar steht im Luftwaffenmuseum der Russischen Föderation in Monino bei Moskau.

Unapproachable 1906

Leseempfehlung: Jan Morris, Fisher's Face, 2007

Versuchsgleitboot No 1 1915

Die Versuche fanden 1915 in Pola (Pula) statt. Genauere Daten nicht ermittelt.

Stumm von Bordwehr: Leseempfehlung: Robert Musil, Der Mann ohne Eigenschaften

Szent Istvan wurde am 10.6.1918 vom Schnellboot MAS 15 torpediert

Vesuvius 1890

USS Vesuvius lief am 28.4.1888 vom Stapel.

die schließliche Wirkung ...: John D. Long, Marineminister im Spanienkrieg, 1898.

Victoria 1893

Stapellauf am 29.4.1887. Kollision und Untergang am 30.6.1893. 350 Tote.

Wapiti 1928

Westland Wapiti, ein *colonial airplane*, flog erstmals am 7.3.1927

Defence of the Realm Act: Die Einführung der Wehrpflicht und anderer Bürgerrechtseinschränkungen im Vereinigten Königreich 1916.

black and tans: britische Hilfstruppen gegen irische Unabhängigkeitskämpfer

Zwischen Weihnachten 1928 und dem 25.2.1929 wurden fast 600 Personen aus der britischen Botschaft in Kabul ausgeflogen, bei insgesamt 84 Einsatzflügen.

Will'o the Wisp 1864

Der *blockade runner* scheiterte am 3.2.1865 am Strand vor Galveston. *Sharps*gewehre: von der Konföderation importierte britisch gefertigte Mehrlader.

Wolken 1911

Leseempfehlung: Roald Dahl, Over to you, 1946, deutsch: ... steigen aus, Maschine brennt ..., 1976; Arthur Conan Doyle, The Horror of the Heights, 1913

Zwei Nusrets 1915

Die Beschießung durch die französisch-britische Flotte fand am 18.3.1915 statt. *Nusret* lief am 14.12.1911 vom Stapel. Nach verschiedenen Umbauten sank sie 1989, wurde ab 2000 gehoben. Museumsschiff in Tarsus ab 2008. Der Nachbau, 2011 durch die *Gölcük*-Marinewerft am Marmarameer, liegt an Land im *Çanakkale*-Militärmuseum.

Quidquid agis, prudenter agas et respice finem!

Für die Covergestaltung wurden folgende Abbildungen verwendet:
Explosion des Schlachtschiffs Iena, Le Petit Parisien illustre n° 947/1907
Wrack des Flugzeugs von Roger Ronserail, 1925, Cliché Chabrillac,
The Schneider Trophy Contest 1929, Programmblatt.
Untergang der Petropavlosk, Le Petit Journal, 24. April 1904.
Untergang von HMS Victoria vor der syrischen Küste. Kunstdruck 1893
Maschinenraum eines U3-Diesel-Unterseebootes, 1938

Das Fliegerbuch.
Abenteuer in einer anderen Vergangenheit

Eine Reise in eine Vergangenheit um 1910, in der die Menschen von der Fliegerei besessen sind; in eine andere Welt im grellen Schein des Azetylenlichts, mit einem anderen Kaiser und einem zerstörten Amerika. Eine Welt, in der man mit Dampfmaschinen fliegt und Elektrizität und Explosionsmotoren skeptisch sieht, aber Braunkohlestaub nutzt; eine Welt von Flugphantasten, Hinterzimmerkriegern und Geheimgesellschaften reisender Flugingenieure.

Es sind Geschichten über Exzentriker und faszinierende Heldinnen, über die Machenschaften einer Dienststelle, über Anarchisten, Morde und über gefährliche Reisen zu merkwürdigen Orten – und immer wieder über Flugmaschinen, Flüge und Abstürze.

Und: denken nur ein paar Phantasten an einen Großen Krieg?

Kurt Möser erschafft ein verändertes junges 20. Jahrhundert als Ergebnis einer anderen politischen und technischen Entwicklung und entwirft durch feine Beschreibungen und aufregende Erzählungen die faszinierende Szenerie einer flugbegeisterten Epoche.

Die Maßnahmen der Dienststelle

Die Dienststelle – das ist der deutsche militärische Geheimdienst. Seine Maßnahmen: Vertuschungen, Liquidationen, verdeckte Operationen während des Ersten Weltkrieges und kurz danach.

Der Erzähler und Held, in harten Zeiten zu einem zynischen Karrieristen geworden, reist für seine Maßnahmen zu den gefährlichen Orten der – längst historisch gewordenen – modernen Technik: auf die Schlachtfelder, unter die Erde und das Meer, in die Lüfte und die Spionagebordelle.

In einer Sprache zwischen Amtsdeutsch, Offizierston und Expressionismus, die an Ernst Jünger erinnert, erweckt **Kurt Möser** in diesem Kurzroman eine unbehagliche Periode der deutschen Geschichte zum Leben.

Ebenso empfehlenswert:

Kurt Möser, Grauzonen der Technikgeschichte 2011

Kurt Möser, Neue Grauzonen der Technikgeschichte 2018